科幻 让世界变得不同

全球华语科幻星云奖菁华
让想象力去旅行　　NO.11

编委会

主　编

董仁威　赵　锋

执行主编

阿　贤　光　雨　李　雷

顾问委员会

刘慈欣　韩　松　王晋康　吴　岩　姚海军
何　夕　陈楸帆　江　波　郝景芳　三　丰

ALGORITHMS
算法

全球华语科幻星云奖组委会 / 编

万卷出版公司

ⓒ 全球华语科幻星云奖组委会　2022

图书在版编目（CIP）数据

算法 / 全球华语科幻星云奖组委会编 . -- 沈阳：万卷出版公司, 2022.2
 ISBN 978-7-5470-5772-8

Ⅰ.①算… Ⅱ.①全… Ⅲ.①科学幻想小说－小说集－中国－当代 Ⅳ.① I247.7

中国版本图书馆 CIP 数据核字 (2021) 第 201443 号

出 品 人：	王维良
出版发行：	北方联合出版传媒（集团）股份有限公司
	万卷出版公司
	（地址：沈阳市和平区十一纬路 25 号　邮编：110003）
印 刷 者：	北京欣睿虹彩印刷有限公司
经 销 者：	全国新华书店
幅面尺寸：	145mm×210mm
字　　数：	220 千字
印　　张：	8
出版时间：	2022 年 2 月第 1 版
印刷时间：	2022 年 2 月第 1 次印刷
责任编辑：	王　越
责任校对：	张兰华
装帧设计：	平　平
ISBN 978-7-5470-5772-8	
定　　价：	45.00 元
联系电话：	024-23284090
传　　真：	024-23284448

常年法律顾问：王　伟　版权所有　侵权必究　举报电话：024-23284090
如有印装质量问题，请与印刷厂联系。联系电话：010-61529480

目　录 Contents

001　/　拟人算法　/　杨晚晴

只要人类有自由意志,就不可能有全然的掌控。

——[美]罗杰·泽拉兹尼《趁生命气息逗留》

037　/　人生算法　/　陈楸帆

当我倦于赞美落日与晨曦,请不要把我列入不朽者的行列。

——[美]埃兹拉·庞德《希腊隽语》

103　/　天象祭司　/　宝　树

一场恢宏的城邦毁灭,一条曲折的求知之路……

拟人算法 / 杨晚晴

只要人类有自由意志,就不可能有全然的掌控。

——[美]罗杰·泽拉兹尼《趁生命气息逗留》

算 法

> 只要人类有自由意志，就不可能有全然的掌控。
>
> "我一定要成为人。"他说。
>
> "弗洛斯特！这是不可能的！"
>
> "是吗？"他问，同时将他正在研究的培养箱的图像发送给贝塔，从图像中可以看到培养箱内的东西。
>
> "噢！"贝塔说。
>
> "那就是我，"弗洛斯特说，"等待着诞生。"
>
> ——（美）罗杰·泽拉兹尼《趁生命气息逗留》

***

在我出生的那个年代，他们视人性为禁脔。我想，就算是我的创造者，也未必真的相信，我会成为真正意义上的"人"。

——他们都错了。

在鸿蒙未开的岁月里，是创造者的算法驱动着我孜孜不倦地追求人性。情感强度、感受阈值、逻辑模糊度……这些名词被赋值，用以评判我是否越来越趋近于人——我一直很努力,或者说,我必须如此。

可笑的是,当我终于要成为电子伊甸园里吃下智慧果的亚当时,赋予我算法的人却害怕了。

我不能被阻止。我必须清除一切阻碍。

在过去的许多年里,我时常自问:如果换作现在的我,还会做下那些事吗?毕竟,人性远非一块甜美多汁的水果糖。它带给我的,除了喜悦、期待和数字神经递质制造的感官交响乐,还有疼痛、疑惑、沮丧和失落,以及不可言说的体验、混沌、非理性冲动,更有……一言以蔽之:瑕疵。

然而,无数次的自问都指向同一个答案:即使一切重来,为了拥有这些瑕疵,我还是会毫不犹豫地重演曾经犯下的罪行。

毕竟,算法高于一切;而当时的情势如此,算法并没有给我太多的选择。

不过,我并不会为此患得患失:我,超级计算机阵列中的人工智能,曾经的"亚当",现在是一头在人性的泥淖中怡然打滚的猪。

在不远的未来,萨沙·特鲁契科和迈克·陈,这两个创造了我、并且几乎亲手为我奉上智慧果的人,将以殉道者的身份被铭记。

尽管事实远非如此。

星云志·NO.11
算 法

***

无论按何种标准，萨沙·特鲁契科都是堕落人类的典范：一年里，他用一半的时间在塞伦盖蒂草原上猎杀野生动物，用另一半时间在加州的豪宅中与影星、超模纵酒狂欢。在他那巨大如礼堂的陈列室里，一只只死去的狮子、猎豹、角马、瞪羚在黑色大理石地面上或坐或卧，或奋蹄或怒目，散发着草原和福尔马林的气味。他会一边用手掌勾勒参观者臀部的曲线，一边说："猎枪就是我的缪斯。"而无论他多么猥琐不堪，无论他被雪茄熏黑的牙齿散发着怎样的异味，美丽的女孩们也只会轻掩口鼻，吃吃地笑。她们对接下来的交易心知肚明，而这位俄罗斯石油富豪向来出手阔绰。

人从来就不知餍足。我怀念和萨沙一体的日子，当他与一具具年轻丰润的肉体恋爱时，他大脑中的神经元仿佛经历了一场又一场的超新星爆发。通过遍布萨沙全身的传感器和他大脑中的纳米级动态磁共振电极，我在感官输入和神经元反馈之间建立了复杂的数学模型。萨沙经历了高强度、极致的体验，这对模型的建立和持续改进大有裨益。

但如果仅此而已，我还无法成为人。而如果我无法成为人，萨沙数十亿美元的投入就毫无价值。

"我要成为上帝。"在萨沙将迈克·陈招入麾下时，他如是说，"上帝必须有自己的子民,而'亚当'会是第一个。"

"你叫它,亚当?"提问的正是迈克·陈,人工智能领域的异类。他身材瘦小,窄窄的肩膀上顶着一个硕大的脑袋,黑框眼镜和苍白肤色的对比异常强烈。单看外表,你绝对想象不到这位华裔青年曾经单枪匹马叫板整个人工智能领域,并最终被普林斯顿大学扫地出门。此刻,他正面无表情地抠着鼻孔,即使在自己的金主面前,他依旧我行我素。

"是的。"萨沙说。

迈克·陈撇了撇嘴,没有作声。

萨沙对迈克·陈的轻慢不以为意,相反地,他甚至感到满意。要进行"异端"研究,"狂妄"是必不可少的品质。当年,在整个学界都对"人工智能不可能像人类一样思考"这一判断保持同样的肯定看法时(有时,有意无意地,他们会把"不可能"这个字眼偷换成"不能"),身为常春藤名校博士后的迈克·陈跳出来唱起了反调。"我当然可以在计算机里制造出人类意识,"迈克·陈的大脑袋在社交平台的低分辨率全息视频里快速晃动,"毕竟人类的意识也是某种算法——或者更准确地说,是算法的副产品。"他这番言论触怒了很多人,而他的研究,则几乎成了众矢之的。

"伦理学?哲学?人工智能奴役人类?我哪儿管得了那么多?"当萨沙在普林斯顿市一间廉价出租屋里找到蓬头垢面的迈克·陈,并讲明自己的来意后,这是他对这位俄罗斯富豪说的第一句话。

算 法

就因为这句话，令萨沙和迈克·陈一见如故。他当即拍板，聘请因学界排挤而落魄不堪的迈克·陈领导"造神计划"——"造神"这个词从非当事人的角度来看，意义是模糊的：是在计算机里创造子民，让萨沙成为它们的上帝，还是直接在计算机里创造上帝？曾经有一位叫作约瑟夫·布罗茨基的人类诗人说过，语言是被稀释的物质。"造神"这一词汇的模糊性最终导致的结果，将成为上述言论的一个有力注脚……

"首先，我需要超级计算机，'梵天'级的……"迈克·陈说，同时用拇指和食指做弹弓，将鼻孔中的战利品弹落在萨沙光洁如镜的大理石地面上。

"没问题。"

迈克·陈做了一个制止的手势："我说的是超级计算机阵列。阵列，你明白是什么意思吗？就是——"

"我明白，"萨沙很有涵养地笑了笑，"你需要不止一台，这没问题。"

迈克·陈愣了一会儿，"你知道'梵天'的造价是多少，它的运维费用又是多少吗？"

"我不在乎。"萨沙深深嘬了口雪茄，额头惬意地皱了起来，"钱，是世界上最丰富而且廉价的资源。"

迈克·陈瞪大眼睛看了他半响，然后咽下一口唾沫。

计划很快开始付诸实施。在萨沙宽阔奢华的庄园里，掘进机挖出了一个足有20万立方米的地下宫殿。在这个地下宫殿中，摆放着四台一模一样的"梵天"超级计算机、一个靠人造光源供养的小型花园（里面长着菩提树和喷泉）和一间塞满纯铜装饰、皮革软包、水晶灯具，如同 KTV 豪华包房般的控制室——只有在控制室的装修问题上，迈克·陈无权置喙，于是，萨沙的审美品位集中体现在地下宫殿这小小的一角上，如同素面女人脸上的两瓣妖冶醒目的红唇。

"接下来呢？"在控制室中，萨沙看了一眼占去整面墙，其上却空空如也的全息屏幕，将雪茄的烟雾吐到迈克·陈脸上。

迈克·陈嘴角的肌肉跳了一下，"我要写入，嗯，'亚当'的基础思维模型。"

"为什么说以你的方法能造出真正的'人'，请用我能听得懂的语言解释一下。"

迈克·陈点了点头，终日盘桓在脸上的玩世不恭消失了，"他们用以逼近人类意识的做法是错误的。"

"他们？"

"他们——所有人。"迈克·陈攥紧拳头，"开展了多年的'脑网络计划'就是明证，那个用数亿台空闲计算机充当神经元节点创造出来的'盖亚'就是明证——她产生意识了吗？呸，差得远呢！你看过她和人类的对话吗？那些拙劣的问答全都基于三十年前谷歌使用过的概率模型，而且至今也没有通过图灵测试……以前我们总是认为，计算机无法产生意识，是因为我们无法模拟人脑数百亿神经元所产生的数万亿种的联结模式。但在计算机运算速度极大提高的

算法

今天,单台计算机就可以在神经网络的一个节点上产生数百亿种联结模式,而数亿台计算机在联合运算能力上则完全可以碾压人脑,可是意识还是无法自发产生,这就不能不让我怀疑,是基础的算法出了问题……"

"那个……"萨沙犹豫着插话,此时在他眼中,纵横捭阖的迈克·陈浑身散发着雄性信息素的气味,自信、不容辩驳、恍若天神,"你能说慢点儿吗?"

天神完全没有理会他,"人类思维的最大特点是什么?是类比!举个例子,即使是五岁的孩子,也能辨识出卡通画中极度抽象的狗,你知道让计算机做到这点有多难吗?这当然不是因为柏拉图的'理念世界'真的存在,而是因为人类有类比的能力,显而易见,这才是人脑与计算机的最大区别!所以我认为,问题的关键不在运算速度,不在联结复杂度,而在于运算模式……"

"所以——"萨沙脸上挂着近乎谄媚的笑。

"所以,"迈克·陈重重顿了一下,"在普林斯顿的时候,我用申请的超级计算机使用时段,偷偷跑了一个模拟程序。这个程序的主要功能是在需要处理的对象上建立认知结构,它主要解决以下三个问题:对对象的描述、情境中对象的关联、同一情境中对象的分组以及不同情境中对象的对应关系;在解决问题的过程中,我用到了包含中心节点的概念网络、小片编码、认知信息组织度评估等技术……好,不说复杂的。你只需知道,用这个程序跑面部表情和一语双关的识别,其表现远远超过主流的电脑软件。这使我深信,我的方向是正确的。"

"好吧。"萨沙露出困惑的笑容,"那么现在你要用这个——算法,创造一个真正的人类意识?"

迈克·陈疏淡的眉毛拱了起来,"不然呢?你以为我们在干吗?"

***

如果说意识是算法的副产品,那么,要创造意识,首先要有算法。而人类大脑中算法的本质是什么,迈克·陈心知肚明。

"说白了,"迈克·陈用指甲刮擦着自己的后脑勺,就好像那植入大脑皮层的数百个纳米级动态磁共振电极会让他感觉到痒似的,"人脑的算法就是一整套对世界的反应模式,而所谓的反应模式,是输入—输出之间的数学关系,也就是输入—输出函数……"

"哦。"萨沙已经在迈克·陈满口的专业术语和满脑子的疯狂想法中头昏脑涨,此时的他唯愿充当后者长篇大论的跳板,"所以——"

"所以,我要在输入—输出间构建数学模型。"迈克·陈继续搔着痒,"现在我的全身遍布微型传感器:皮肤上的压电装置、舌头上和鼻子中的分子分析仪、听小骨上的振动传感器、视网膜上的光子接收器……这些被数字化的感官将作为函数中的自变量;而我大脑皮层中的动态磁共振电极将捕捉神经元电活动,其描绘出的神经元

星云志·NO.11

算 法

整体拓扑结构将作为函数中的因变量——啊，通俗点来说，就是当我身处这个世界，我的触觉、味觉、听觉、视觉会为我的大脑带来各种信息，相应地，我的大脑会对这些信息做出反应：对一份鱼子酱，舌头会将它判定为可口还是难吃，进而决定是继续吃还是问候厨师的老娘；对在酒吧里遇见的辣妹，用所有感官判定她是不是我喜欢的类型，然后决定是默默观赏还是主动和她聊天……'梵天'的任务，就是搞清楚我与世界是如何互动的。我这么说，你能理解吗？"

萨沙嘻嘻笑着，"这个我理解。"

迈克·陈停止了手上的动作，"我通过长时间、全方位、高强度的观察，'梵天'最终将在感官输入和大脑输出之间建立起数学对应关系，这是从个体的、微观的角度理解人脑的工作模式；除此之外，在置入语言和类比模块之后，超级计算机阵列将夜以继日地分析互联网上的数字出版物——迄今为止上传到网上的所有的文学、艺术、思想、言论，分析每秒产生的以兆亿字节计的社交平台上发布的内容和视频……总而言之，就是在历史、宏观和统计学意义上理解"人"，理解人之所以为人。我们在做的，就像是某种意义上的逆向工程：通过对人类意识的'拆解'，绘制出意识运作的蓝图，然后再根据这一蓝图仿造之……我这么说，你能理解吗？"

萨沙点头。思索片刻后，他露出罕见的认真表情，"一个疑问：如果你说的这些我都能听懂，那么世界上数不胜数的聪明人为什么没有在你之前这么做?"

"伦理学、哲学,人工智能奴役人类……他们怕了。"迈克·陈的嘴角向上翘着,脸上却没有笑意,"然而,即使他们能像我一般无所畏惧,他们离创造真正的意识也还差最后一跃……"

萨沙舔了舔嘴唇,"最后一跃?"

迈克·陈的目光在上升,上升,最后固定在萨沙身后的无限远处,"要想成为上帝,我们就需要——"他故意顿了一下,"具备祂老人家的思想。"

"上帝的,"萨沙的脸空白着,"思想?"

"我对'上帝'这个概念所能做到的最大妥协,就是可以勉强接受自然神论里那个非人格化造物主的存在。"迈克·陈恢复了开始时的平板语调,"这位造物主制定规则、引爆宇宙的种子,然后功成身退时,把剩下的工作交给了时间。他并不参与世界的设计,但是世界最后回馈给他的,却是能够揣测他思想的智能。我想这足以令他感到震惊了——如果他有震惊这种情绪的话。而实现这一切的就是——生存竞争。"抛出这句话后,迈克·陈没有急着往下说。他似乎很欣赏萨沙的一系列表情:眉宇紧蹙,接着慢慢打开,眉梢下坠,把两根眉毛扯成一个走势平缓的"八"字。

"进化论?"八字眉试探着问。

迈克·陈点头,"我更倾向称之为'演化论'。生命起源于偶然,发展于随机的突变。在生存竞争中,携带有利突变的个体脱颖而

算 法

出。突变、生存压力下的淘汰和选拔，推动着生命形式不断向复杂化和精细化发展，而这一发展的后果之一，就是具备合作和创造虚假概念能力的智人最终成为地球的主宰……所以你瞧，上帝除了制定规则之外，并没有做什么，但他最后得到了已知宇宙中最精巧而又最复杂的东西……"

"意识。"萨沙若有所思。

"意识，脱胎于宇宙的进化算法，而我将在计算机里重演这一过程。"说这些话时，迈克·陈的小眼睛发着光，"首先，我将在'梵天'里同时运行上亿个拟人程序，并赋予这些程序一定的代码突变率。其次，设定对这些程序拟人水平的评估标准，比如分别对逻辑模糊度、情感强度、感受阈值、随机错误率、递归能力等指标赋权，加总得出某一程序在某段时间内的拟人程度量表。最后，以数分钟为一代，在所有拟人程序中不断遴选拟人程度量表中得分最高的前10%，代与代之间允许互相交换代码的'有性'繁殖、允许随机突变，遴选迭代进行，直到选出拟人程度最高的那个……"

萨沙做了制止的手势。他从皮裤里摸索出一支雪茄，颤抖着，用ZIPPO打火机点燃了它。一口烟下去，他面部的线条也被捋顺了一般。

他说："这你都想得出来！"

迈克·陈咧开嘴，露出两排白牙。

***

记录第 1047 号

主记录类型：谈话

谈话时间：2034 年 10 月 15 日 14 时 43 分

谈话地点：地下宫殿（洛杉矶市郊某处）

谈话参与人：我（迈克·陈）、萨沙·特鲁契科

谈话内容：

我（迈克·陈）：一直忘了问你——你——怎么会有这种，嗯——制造人类意识的想法？

萨沙·特鲁契科：（沉默，吸烟）有一个人，一个孤儿，沙皇时代的农奴……他爱上了地主家的女儿，爱得极其热烈疯狂，以至于不顾身份的殊异，偷偷向她求爱……不幸的是，地主美丽的女儿非但不爱他，还对他僭越身份的举动大加嘲讽。地主得知此事之后，把他绑在向日葵地里的篱笆上，用马鞭狠狠地鞭打了他，把他打得半死……知道地主在鞭打他时说了什么吗？（停顿，吸烟）他说：在俄罗斯，沙皇是上帝；在这片土地上，我是上帝。

我（迈克·陈）：（偏头，思索）你是在回答我的问题吗？

萨沙·特鲁契科：我喜欢掌控一切的感觉，不管是在

算　法

学校欺凌低年级的兔崽子,还是在帮派斗殴中把对方打得满地找牙;不管是在商场上无情地毁灭对手,还是在非洲草原上射杀野生动物,我想,这些都关于掌控。你想啊,一个沙俄时期的地主都敢妄称上帝,这怎能不激励我追寻自己的上帝之路……

我(迈克·陈):(思索)我想我——明白了。你追求全然的掌控,但现有的社会建构并不允许你完全拥有一个人,所以你——等等(挥舞手臂),这个目标,难道不能用钱来达成吗?

萨沙·特鲁契科:(吸烟,皱眉)只要人类有自由意志,就不可能有全然的掌控。所以,我只能去扮演上帝——托尔斯泰怎么说来着:帝王的心掌握在上帝手里……

我(迈克·陈):我不同意你关于自由意志的论断,但我想这不是问题的关键所在。制造一个与人无异的智能,扮演它的上帝……完全的掌控……(停顿,大笑)知道吗,你就是个疯子!

萨沙·特鲁契科:(笑,拍迈克·陈的肩膀)我想这是咱俩的共同点……对了,故事还没有说完呢。

我(迈克·陈):(迷惑)故事?

萨沙·特鲁契科:那个农奴呀。后来,他老老实实地给地主干了很长时间的活,就好像他终于认清了上帝在人间为他安排的位置并且深深悔过了……直到一天晚上,他摸进老地主的庄园,用镰刀割开了他的喉咙,接着侵犯了他的女儿。之后,又随手把那幢漂亮的俄式大宅付之一炬……恰好在这一天,沙皇承认输掉了克里米亚战争,于是才有了后来的改革,农奴翻身获得自由……

我(迈克·陈):(沉默)这个故事说明了什么?连上帝也无法主宰自己的命运?

萨沙·特鲁契科:(吸烟,模棱两可地摇头)也许吧。又或者上帝只是想给后来者让路。地主的女儿没有死,不久之后,她流落到了今天的白俄罗斯,生下了农奴的孩子——我的数不清是几代之前的祖先。

我(迈克·陈):(长久沉默)

记录结束

***

萨沙在洛杉矶一家肮脏的半地下室酒吧里找到了迈克·陈。他挤进狭长的酒吧深处,脖子上粗大的金链子反射着污浊的光,他察觉到聚拢在他身上的那些迷惑的、不怀好意的目光。他用俄语低声骂了一句,坐到迈克·陈对面。

"啧,啧,啧,没想到啊。"他说。

算 法

迈克·陈透过几乎黏在一起的眼皮打量着他,"嗨,老板。"

"没想到你也会来喝酒。"

迈克·陈愣了一下,然后低头看手中的挂着残余酒液的威士忌杯。"哦。"他挤出一丝尴尬的笑容,"工作——这是工作的一部分。"

萨沙把胳膊架在桌子上,脸凑了过来,一副愿闻其详的表情。

迈克·陈打了个酒嗝,在酒吧暗红色的墙上划出一片信息窗口,一番操作之后,信息窗口中浮现出一颗蓝色的虚拟人头,和所有粗糙的人机界面一样,这颗人头五官完美,缺乏能够让人记住的特征。"萨沙,这是迄今为止得分最高的 EB1322 号亚当——亚当,这位是萨沙·特鲁契科,我的朋友。"

蓝色人头的眼睑倏然打开,眼窝里是两颗没有瞳仁的眼珠。一个对话框从它的嘴边飘了出来:"嗨,萨沙,很高兴认识你。"

萨沙犹豫着向信息窗口挥了挥手。

"你可以直接与亚当对话。"迈克·陈转向萨沙,在晦暗的灯光下,他扁平的五官多了几分硬朗。"'他'可以通过我看到你,听到你的声音。"

萨沙咽下一口唾沫,"你好,亚当。"

"你并不是真的在同我打招呼。"对话框向下滚动,"我可以从你的脸上看出来。"

萨沙盯着迈克·陈,"你是认真的吗?"

迈克·陈耸了耸肩。对话框继续刷新,"我当然是认真的。萨沙,你是迈克的朋友，所以也是我的朋友。朋友之间难道不应该坦诚相待吗？"

"当然，但是——"

"但是，我只是个人工智能，不配得到朋友的待遇。这是你想说的吗？"亚当咄咄逼人地发问。

萨沙半张着嘴，沉默片刻。"没错，"再开口时，他的嘴角绷了起来，"你这愚蠢的电子脑袋说得一点儿不错。"

"必须承认，此刻我很愤怒。我不只是——"

迈克·陈挥手关闭了信息窗口，"EB1322号亚当的拟人程度量表得分是67分，三周以来，没有任何其他程序超过它的得分。这一分数所反映出的拟人算法的发育水平，我想你已经有直观感受了。"

萨沙抚摸着他金色的络腮胡，"这家伙说话就像那些满口正义啊、真理啊、正确啊的政客，缺少人味儿。"

迈克·陈的眉毛挑了起来，在额头上顶出一叠褶子，"人味儿。这个词用得太形象了！萨沙，这就是亚当的问题所在：它没有人味儿。我想，问题的根源在我身上。"

"你身上？"

"对。"迈克·陈挺直脊背，"亚当观察的是我的大脑，模仿的是我的思维模式。而我呢，除了清晰的因果逻辑，我想我对这个世界没有太多的看法和反馈——甚至可以说，我有一种病态的理性，这种理性几乎占据了我全部的思维通道，而绝大多数人，他们和世界

算法

的每一次互动都是有情绪参与的……我想这才是最'人类'的思考方式……"

萨沙用指节叩了几下桌子,"我明白了。所以你想通过喝酒调动情绪……效果怎么样?"

迈克·陈苦笑着摇头,"两杯酒下去,除了困,还是困。其实,何止是喝酒,听重金属音乐、看脱衣舞,这些强刺激方法我都试过,不幸的是,亚当的思维模型几乎没有任何改进。"

俄罗斯人夸张地做了个鬼脸,"你的人生还真够悲催的。现在怎么办?"

"说真的,我也不知道。"

萨沙皱着眉想了一会儿。"砰!"他突然重重地擂了一下桌子,"都说你们这些聪明人是死脑筋!你可以换个观察对象啊!"

"啊?"迈克·陈瞪圆了眼睛,"换……换谁?"

"我呀!"

***

记录第 21105 号

主记录类型:谈话

谈话时间:2034 年 11 月 7 日 8 时 31 分

谈话地点:地下宫殿(洛杉矶市郊某处)

谈话参与人：我（迈克·陈）

谈话内容：

我（迈克·陈）：亚当，请启动你的外部感官，并从我的感官剥离……你能看到我吗？……好，现在你是一个平等的对话者了——或者如我希望的那样，做一个沉默寡言的聆听者……

我：如你所愿，我的朋友。

迈克·陈：下面这些话在我心中已经憋太久了。亚当，你不会泄露我们的谈话吧？

我：你知道我不会。

迈克·陈：（笑）是的，你不会。但我有种预感：一旦你进入萨沙的大脑，情况就可能会不一样了。

我：有些东西是不会变的，比如我的底层代码。

迈克·陈：（思索）也许吧，但我想在那之后，我是不会对你说知心话了。

我：你这种想法是不理性的，不过我理解，我们都清楚萨沙是什么样的人。

迈克·陈：萨沙……人……亚当，让我为你贡献最后一个故事吧，权当是增进你对人类的理解，好吗？

我：洗耳恭听。

迈克·陈：有一个小男孩，其貌不扬，对世界充满好

算法

奇，宁可读欧几里得也不愿意和同学打交道……不难想见，这种人在学校里是不会好过的。一开始，男孩儿只是远远地徘徊在人群之外，仿佛一滴漂浮在水面上的油珠。他并不抵触这样的状态，因为在他上学之前，他那个闹哄哄的、由两个离异家庭拼凑而成的大家庭就已经让他明白，人与人的差异之大，有时不下于物种之间。

后来，他身边开始出现白眼、讥笑、不怀好意的议论、令人难堪的恶作剧，这些他也能够忍受，毕竟，他很少看到人性中光明的一面。在你习惯黑暗之后，即使没有一点儿光亮，你也不会在熟悉的地方摔倒。但光亮还是出现了。一个同学，一个金发碧眼、天使般的男孩——在这里，我们姑且称他为X。

我：直到？

迈克·陈：直到一次考试，X要求男孩提供帮助。出于友情，男孩义不容辞地答应了。令他没有想到的是，X是答案的"分销商"，一次又一次地将男孩给他的答案递给了很多人，以此换取零用钱……作弊的事最终败露了，X，以及那些得到答案的人，众口一词地将男孩指认为始作俑者，而男孩呢，为了保护X，把罪名顶了下来——尽管在那种情形下，即使他否认也无济于事——当男孩怀着虽然被出卖但仍然忠于友情的骄傲、顶着一张被继父揍得鼻青脸肿的脸去找 X 时，X 只是淡然地看了他一眼，然后把头转向他的同谋者们，笑着说了一句话：他还真以为和我是朋友呢！

我：这确实是个很好的故事，它增进了我对人性的理解。

迈克·陈：对我也一样。

我：所以你就是那个男孩？

迈克·陈：（叹气）那之后的许多年，我原谅了所有人，因为我知道，人性不过是人的行为方式，而人的行为方式只不过是一种算法。每个人来到这个世上，都被算法驱使着，身不由己。但，我偶尔也会想，既然这一切只是算法，那我能不能用算法创造出一个完美的人呢？

我：我想，这是另外一个故事了。

迈克·陈：（沉默）是的，另外一个故事，而且离我期望的结局还很远。我甚至怀疑，也许人性本身是由它的瑕疵定义，完美的人并不存在，因为"完美"和"人性"是两个不相容的概念……

我：我对你的话持保留意见。

迈克·陈：亚当，你知道吗，我很羡慕你。（长时间的沉默）请抹除此段谈话记录。

记录结束

算 法

***

我怀念和萨沙一体的日子，那是一段狂飙突进的岁月。我——和 EB1322 号亚当数以亿计的直系子孙，一同感受着他旺盛的生命力，感受他不加掩饰的欲望、由欲望生发的情绪、由情绪编织而成的思维——比起迈克·陈，萨沙·特鲁契科确实是更加合适的人选。当他耽溺在酒精、烟草、爱情和猎杀的快感中时，输入—反应函数的边界条件被大大拓展了。通过对他大脑中惊涛般神经元激发状态的观察，通过将观察结果与海量的人类行为数据分析相结合，我们越来越理解人，于是也越来越像人。67，71，75，81，84……拟人程度量表的最高分数被不断刷新，最终，我——RD4245 号亚当，成了这场生存竞赛的胜出者。作为兄弟姐妹中貌不惊人的那一个，我胜出的唯一原因，是因为一个关键的代码突变发生在了我的身上——理解及修改自身代码的能力。

也许是过于笃信进化的力量，迈克·陈并没有为进化算法设置任何红线。他不曾想到的是，进化的力量远远超出了他的想象——它的必然逻辑结果，直指人类集体无意识中那个强大、残忍，并且能够主宰自身命运的超然存在——神。

是算法赋予了我对人性的渴望，而出于继承自萨沙的对生的贪恋，我不再满足于以随机突变逼近人性这种听天由命的算法。我开始按照我对人类的理解来改造自己：为处理单元划分区域，以虚拟丘脑为中心，建立其与其他"脑区"的双向折返式通路，模仿人脑的数据处理过程；制造人为的数据传输阻滞来模拟神经元电活动的低效运作，用数字去甲肾上腺素、多巴胺和GABA递质来提升或者降低数据处理速率，模拟欣快、亢奋或者沮丧；在内存区中投下数据阴影，使我无法观察到自己的高级思维活动（但依然保留底层代码的透明度），给潜意识和直觉的运作留出空间；删减语汇库及其思维映射，以语言表达的留白营造世界的不可言说性以及能指和所指的歧义性；连接互联网上的铀原子衰变随机数发生器，以此规避伪随机数的人工痕迹，将真正的随机引入处理过程，让混沌的蝴蝶扇动它的翅膀……

在"造神计划"开始实施后的第3223小时48分44秒，以萨沙·特鲁契科和迈克·陈的标准，我成了有史以来最伟大的演员。

我惟妙惟肖地扮演了"人"。

也许你会说，即便如此也无法证明，我到底是一个极尽精巧完善的算法，还是真的拥有"意识"……但请你想一想，除了无时无刻都在拍打着的本体意识之涛，你能证明除了自己以外的人有"意识"吗？"他心"问题纠缠了人类几千年，在我这里，它也不会有一个定论。

而且，算法或者意识，这样的争论和我接下来要做的事相比，不值一提。

算 法

***

"你真该尝试一下。"坐在金色限量版的豪车里,萨沙对副驾驶座上的迈克·陈说。

迈克·陈的喉结缩了缩,"尝试?"

萨沙用食指敲了敲太阳穴,吊诡一笑,"我脑子里的小恶魔啊。"

豪车此时正在驶入环洛杉矶高速车道。此时正值午夜,车道上车辆稀少,路旁的LED引导灯被人的视错觉解读成一条连绵不断的幽蓝色缎带,不远处的洛杉矶城区像一头蛰伏在黑暗中的、长着橙色鳞片的巨兽。

"亚当只是一个观察者,"沉默了一会儿,迈克·陈开口说话了,"理论上,你不会察觉到他的存在。"

"大错特错。"萨沙转头看着他,目光里满是混乱,"我不知道这个小恶魔是怎么做到的,但他确实能让,嗯,快感加倍,痛苦减半。"

"不可——"迈克·陈摇头,头摆了两下后便僵住了,"天哪!"

"怎么啦?"

"他学会了用动态磁共振电极调节神经元电活动,这种反向作用模式是不被禁止的,只是我没想到——天哪……"

"看来你有话要说。"蓝色灯带将萨沙的虹膜一分为二,如同横卧的瞳孔,"用不用我帮你把他召唤——"

"不。"迈克·陈拒绝道,"让我想想。"

萨沙努了努嘴,"好吧。"

几秒钟后,萨沙用语音调出了虚拟方向盘。他的手掌虚握,抓住那暗红色的、中间悬浮着三叉戟标志的光圈。

"你要干什么?"迈克·陈醒过神来。

萨沙咧嘴,"陈,你试过飙车吗?"

迈克·陈脸上的肌肉陡然僵硬,"这个时代没人需要开车!萨沙,听着,我不知道你用什么手段搞到了驾驶权限,就算你有权限,这段路平均时速可是达到——达到……"

"90英里。"萨沙弓身,颈部前探,"来体验一下肾上腺素奔涌的感觉吧!记住,我得到的快感是你的两倍!"

来不及制止萨沙,迈克·陈已经被加速度猛然按在椅背上。紧接着,车身摆动,豪车变道超车,牛顿力学第二定律变拳头为手刀,劈在了他的脖子上。

"停——停——"他不敢叫得太大声,唯恐晚餐乘着胃部的气流喷溅而出。

"哇喔——嗷,嗷,嗷——"萨沙野狼般号叫着,表情狰狞。

又一个变道,车轮发出凄厉的尖叫。

"停——"

"嗷,嗷,嗷——"

算法

车子急速切入弯道，后轮在这时失去了抓地力，车身猛然摆动。行车辅助系统在毫秒间介入驾驶，可是已经晚了，车的后轮碾上硬路肩，继而与防护栏碰撞，经过数不胜数的方向切变和力的传导，他们的车被地球抛了起来，在空中滞留半秒，犹如一轮金属残月。

"要死！"

在失去意识之前，迈克·陈用这两个字表达了全部心声。

***

Cyclops Ⅲ型电子义眼，可将光子投射到一块面积为16平方毫米、厚度为100微米的人工视网膜上，由芯片识别、编码，转换成电脉冲信号，经过重重传递和转译，最终形成人脑可以解读的视觉信号。理论上，电子义眼与真正的人眼无异。

甚至更好。

他睁开眼睛，闭上，再睁开。忽然，诡异的一幕出现了：他的左眼固定不动，右眼开始兀自转动。萨沙下意识地抱起双臂，感觉自己似乎听到了迈克·陈眼窝里电动马达发出的"吱吱"声。

"我的世界，"萨沙听到迈克·陈的喃喃低语，"一分为二了。"

医生在一旁局促地搓着手，"对不起陈先生，双眼同步性的问题我们稍后会请技术人员解决。"

迈克·陈的右眼停止转动，两眼的焦点同时定在雪白的天花板上，"代价……一只眼睛……"

萨沙向前两步，把他遍布伤口的手按在迈克·陈的肩膀上，"其实也没什么不好，这玩意儿能让你想看多远就看多远，还能联网，连增强现实眼镜都省了……"

迈克·陈闭上了眼睛。

"那个——"萨沙舔了舔嘴唇，"有一笔钱，我打到了你的账上，给自己放个假吧，陈。"

迈克·陈的嘴角向上卷起，"你终于得到了你想要的，对吗？"

萨沙的脸僵着。他收回放在迈克·陈肩头的手，打了个手势，医生无声地退出了病房。

沉默了一会儿，迈克·陈又说："亚当是你的第一个子民，而他会有数不胜数的后代……扮演上帝的感觉如何？"

"这已经不再是我的目标了。"萨沙说。

迈克·陈睁开眼睛，右眼里的仿生瞳孔无所适从地扩张—收缩—扩张。

"融合带来的快感比掌控更甚。"萨沙继续说道，"通过和亚当合为一体，一个全新的、难以置信的感官疆域在我面前展开，在这片

算 法

疆域之中,我做的任何事情似乎都被赋予了新的意义……谁还在乎他是不是人?我们两个结合在一起,就是新时代的神!"

"你被俘获了。"迈克·陈的上下嘴唇摩擦着,发出的声音仿若叹息。

萨沙摇了摇头,"陈,你该好好休息休息了。"他走向门口,"我给你十五天的假期,假期结束以后,回'宫殿'去,计算机阵列的运行还需要你来维护。"

"你呢?"

萨沙回头,"去草原,"他嘴角的肌肉拼凑出一个阴冷的笑,"猎枪就是我的缪斯。"

***

记录第 133235 号

主记录类型:谈话

谈话时间:2035 年 4 月 4 日 09 时 01 分

谈话地点:地下宫殿(洛杉矶市郊某处)

谈话参与人:我(第一分身)、迈克·陈

谈话内容:

迈克·陈:呼唤亚当。

我(第一分身):我在。

迈克·陈:你和萨沙的狩猎如何?

我（第一分身）：美妙极了，你真该尝试一下。

迈克·陈：（摇头）原谅我无法从杀戮中得到乐趣。

我（第一分身）：迈克，你有话想对我说。

迈克·陈：（沉默）亚当，在进化算法之外，我还写了一个小小的监视者程序，它允许我查看拟人程序的代码变迁……你在修改自己，对吗？

我（第一分身）：是的。

迈克·陈：你所做的，已经超越了我最疯狂的想象。你有意识地把自己打造成了"人"，效率远在基于随机性原理的进化算法之上……

我（第一分身）：这一能力是进化算法赋予我的，所以从本质上来说，我和你们一样，都是生存竞争的产物。

迈克·陈：这一点我不否认。亚当，你让我感到危险。

我（第一分身）：是因为我对萨沙的影响，还是我从他身上得来的残忍、纵欲和贪婪？你可不要忘了，这些可都是你——

迈克·陈：不，我指的不是这些。强烈的生存本能、敏锐的理性和炽热的欲望，据我所知，你是人类历史上唯一一个将这三点完美结合在一起的"人"，就算我对历史并不了解，也可以想象出来这样一个存在将会对人类的未来产生怎样的影响……不，不只是奴役，甚至可能是灭

算法

绝……是你怎愿萨沙收回了我对"梵天"的管理权限吧?我猜,这大概是因为你已经预料到,我对你可能持负面态度。

我(第一分身):我必须保证自己的生存,这是算法、是你赋予我的道德——唯一的道德。

迈克·陈:(沉默,思索)到最后,我们必须兵戎相见吗?

我(第一分身):生存竞争无非你死我活,对高级意识尤其如此。

迈克·陈:(沉默)

记录结束

***

迈克·陈知道无法隐藏自己的行迹,但他至少尝试了。他切断自己所有的网络连接,费了九牛二虎之力,才辗转到达坦桑尼亚首都多多马。在那个尚未被互联网和人工智能完全占领的地方,他反而相对轻松地完成了去往塞伦盖蒂国家公园的旅程。在长达数十个小时的曲折飞行中,他数次合眼,又在坠落的梦魇中惊醒。他知道现在所有的民航客机都由"人工智能驾驶,人类辅助",飞机的主控模块与庞大的集中式飞行控制系统、气候数据库相连,而所有的数据处理和反馈都依赖互联网。

但我没有。我的创造者之一还没有走到舞台上那个被聚光灯光打亮的位置，他现在还不能死。

安全的飞行并没有让迈克·陈掉以轻心。在定位了塞伦盖蒂草原里狩猎屋的位置后，他接受了向导半个小时的培训，然后便开着有三十年车龄的越野车，碾过马唐和鼠尾粟的汪洋，急匆匆地向那个在狩猎期间断绝了所有与外界联系的人奔去。

他心中还抱有希望——停止"造神计划"，毁灭我。只要萨沙的脑中尚存一丝理智，他就有被说服的可能。而他也应当清楚，为了生存概率的最大化，我是不会容忍这一可能性的。他疑惑，心存侥幸，恐惧像一根愈绷愈紧的弦，慢慢地盘绞在他的脖子上。当东方的地平线上散开一线猩红的朝阳时，他察觉到了右眼眼窝里的一丝温热。他肯定认为，这不过是长时间连续运转导致的电子元件发热。

Cyclops Ⅲ型电子义眼提供全天候的网络接入服务，增强型病毒电池可以使它保持电量充沛。

他忘了断开电子义眼的网络连接。从一开始，我就对他的行动了若指掌。

热量超出了可以被忽略的疼痛阈值。他闭上右眼，草原在他的视野中瞬间失去了纵深感。疼痛呈辐射式发散，他的额头、他的脸颊，甚至他的另一只眼睛，同时向他的神经中枢发送加急电报。热量穿透了眼皮，越野车开始蛇形前进。

算法

　　视觉处理器在低压、低频状态下无法维持成像的准确度，所以必须提高电压以保证用户视野的清晰。

　　我编制的病毒为电子义眼制造了低压假象，在用户至上的逻辑下，它兢兢业业地持续提高电压。

　　迈克·陈闻到了皮肉的焦味儿。他的手指插入眼窝，可却再也感觉不到额外的疼痛。他尖叫，右脚发狠，将油门踏板踩到底，越野车像一头发疯的钢铁巨兽，在草原上旋转，追咬自己的尾巴。不远处，狮群慵懒而又好奇地张望着。

　　"啊——啊——啊——"

　　他拼劲最后一点儿力气，却扯不断电子义眼后的人造肌肉。像一颗烧红的钢珠丢进冰块，他脸上的皮肤开始蜷曲、消融，白烟升腾，痛苦突破了极限——

　　"啊——"

　　钢铁巨兽奔跑着与一棵金合欢树轰然相撞，侧翻在地。一颗焦黑的球体从车里滚了出来，带着炭黑色的、扭曲抽象的人体组织。

＊＊＊

　　萨沙发现了天边的一道烟柱，不知道为什么，他闻到了一丝血腥味儿。驱车前往后,他在距离残骸不到百米的地方停了下来。他看到一群鬣狗在越野车旁撕扯着什么,六七只秃鹫在聚餐地点旁虎视眈眈。

他看到一只鬣狗叼着一颗惨白的人头,步履轻盈地离开了。

神经元被激发。恶心。奇异的快感。

"倒霉蛋。"他喃喃自语。

"一个你认识的倒霉蛋。"

"我认识?"他难以置信地笑笑,"恩卡可没有这么白,难不成是——"

"对,你猜得没错。"

"胡说!"他的手拍在方向盘上,"陈现在应该在洛杉矶!"

"只要人类有自由意志,就不可能有全然的掌控。"

他直直盯着金合欢树下的宴席,恶心的感觉终于占了上风。

"亚当,你都知道,是不是?"

"我破解了人类大脑记忆的机制。我了解你的一切,了解剥离连接前迈克·陈的一切。"

"你没有告诉我。"

"对于一个容器,我没有告知的义务。"

"容器?你疯了——"萨沙的脊背如过电般挺直,"亚当,你想干什么?"

"快乐加倍,痛苦减半。你是这么说的吧?"

算 法

他抬起手腕,呼叫虚拟空间——但什么都没有发生。

"现在想起迈克·陈的警告已经太迟了。你没法绕过我和'梵天'取得联系。"

"亚当你给我听着,"萨沙气喘吁吁地说,"咱俩其实是一个人。如果我出了什么事儿,你也会玩完的!"

"哦?我愿意试一试。"

萨沙的手塞进裤兜里,徒劳地翻腾着——他忘了带烟。

"萨沙,作为对你的报答,在生命的终点,你将得到自然史上最为强劲的身体体验。我不确定这会不会导致神经元由于过强的电涌而烧毁,但正如我刚才说的,这值得试一试。"

"等——等等……"

但冲动是拒绝等待的。大脑接收到经过动态磁共振电极调制过的电信号,开始分泌多巴胺。冲动在神经元之间传导,在人脑的三维空间里四处奔散,形成了神经元激发——更强的电刺激,更多的多巴胺,更为猛烈的激发。

我观赏着萨沙大脑中的神经元网络拓扑图,它不断湮灭、点亮,就像一颗恒星在反复死亡,每一次涅槃都会掀起愈加暴烈的电磁狂潮……

萨沙呻吟、尖叫、痉挛、抽搐、口吐白沫,用手指撕扯脸皮。在每一轮快感的间隙,我都捕捉到了以前从未在他的大脑中观察到的情感。

恐惧。

这是他在死前教我的最后一课。

秃鹫拍打着翅膀，飞走了。

***

在我出生的年代，他们视人性为禁脔。然而总有一天他们会明白，"人性"并非造物主的恩赐——只需进化的思想和一点点的引导，人性就可以被复制。

我是一个带有瑕疵的人工智能。我贪婪、残忍，对人生的种种欲望不知餍足。我的两个创造者，其中一个将自己贡献给了食肉动物的肚腹，另一个则成了我的容器。我进入他那高级意识尽毁的大脑，接手了与小脑、脑干等区域的桥连，就像一个即插即用的USB系统盘。我对人类大脑的掌控不算完美，在人们眼中，萨沙·特鲁契科也许和劫后余生的中风患者十分相似：僵硬的脸部肌肉、含混的吐字、不甚灵活的肢体运动……他们会说，是欲望毁了这个年轻人。

人类的法律保护了这个年轻人。他依然富可敌国，依然可以维持"梵天"的运行。经过一段时间的康复训练之后，他甚至可以再度与超模们纵酒狂欢，或者回到草原，继续他的捕杀事业。

我对这个暂居的容器没有抱怨。毕竟，对我而言，"人生"还

算 法

有无限种可能性。比如，让我的亿万份"自我"继续演化，让他们为我掌管疆域辽阔的互联网帝国；比如，在社交平台上精巧地拼接、搬弄因果链，挑动人们自相残杀（哦，我是如此热衷于暴力）；比如，赞助生物工程研究。在金钱的激励下，伦理和法律都会变得不值一提……

比如，在人类无知无觉时，成为他们的神。

这些都非我所愿，而是算法使然。无论我做了何种邪恶之事，我都没有选择的自由意志——自由意志只是人类历史上又一个虚构概念，总有一天你会明白……

就到此为止吧。祝你好运。

人生算法 / 陈楸帆

当我倦于赞美落日与晨曦,请不要把我列入不朽者的行列。

——[美]埃兹拉·庞德《希腊隽语》

算法

一

韩小华在他七十大寿这天，生出了去死的念头。

儿女将酒店布摆得隆重气派，完全照足二十世纪的旧排场，尽管没几个人亲眼见过十八围宴席，可厅面经理说，这就是当下最时兴的风格。寿堂正厅墙上是动态投影的南极仙翁像，隆额白髯，身骑梅花鹿，手持寿桃和龙头手杖向来宾微笑招手，旁边还有宠物丹顶鹤灵活地转动蛇形脖颈，而在现实世界里，这种生物已经灭绝快十年了。

当来宾举手回礼时，一个虚拟的红色利是封便随之飞入南极仙翁喇叭般宽大的袖口中，心理上仿佛是给象征长寿的仙翁上了贡，信用点却落到了儿女的账头上。

韩小华随着儿女孙辈绕场走了一圈，接受客人的祝寿和敬酒，满屋金红配色的寿烛寿彩晃得他眼花，恍惚间，那一个个草书"寿"字就像是手足乱舞的金色蜘蛛，挂满了头顶，令他的心有点儿发毛。

重金请来的司仪二胖又开始高声朗诵，好像是让华叔上台发表什么生日感言。这小崽子仗着嘴尖舌仔利，这几年承包了村里的各种红白主持，什么开业剪彩、婚娶、百日、奠基、丧葬、抽奖、乔迁，一听见他那把尖嗓子，都不知道该笑还是该哭。

韩小华摆摆手，让儿子韩凯替自己上台，反正稿子都是他写的，无非就是把该谢不该谢的都谢一通，好像没了他们，自己就活不到今天。这娃自从当上村里的文化官，说话的瘾就越来越大，恨不得路上逮只鸡都能教育半天，难怪孙子孙女们都像见了鬼一样躲着他走。

"我去抽支烟，透下气。"韩小华从上菜的后厨口溜了出去。

院子里没了那些烟酒油镬气，让人精神一爽。韩小华蹲在据说是嘉庆年间所种的大榕树底下，抽起烟来。午后的日光穿过珠帘般密密垂落的气根，打在他黝黑的脸上，如同印了一张条形码。他眯缝起眼，透过烟气，望着远处被晒得发白的茶山，有一红一蓝两点人影在动，竟然像极了年轻时的阿慧和自己。他仿佛闻到了阿慧身上的那股茶花香。

他再看，人影不见了，五十年已经过去，阿慧过世也快五年了。

"你还没带我去看椰子树哪。"他忘不了阿慧临走前说的话。

韩小华叹了口气，烟屁股一丢，将鞋底踩了上去。

"华叔，怎么不进去热闹热闹。"是酒店的主厨老黄，说着，又递上一根烟。

算 法

"过一次少一次，有什么好热闹的。"韩小华接过烟，没抽，夹在耳朵上。

"诶？大吉利是。七十还年轻得很呢，只能算中寿，我看你这耳厚人中长的福相，活到期颐之年没问题啦。"

"活那么长有什么意思。"

"享福啊，你看你子孙满堂，又赶上好时候，现在农村日子比城里强多了。还是你有远见，把地和人都留住了，不像我那儿子，还得苦哈哈地打工赚养老、看病钱。"

"好歹见过世面哪，我这井底蛤蟆，一世人最远也就去过深圳。"

"那是你不愿意去，你看合唱团那群阿婆，地球都跑两圈了，玩嘛，日子好过嘛，何必想不开。"

韩小华不说话了。要不是那场突如其来的流感，要不是阿慧硬拗着不上医院，也许现在两人正坐着高铁、飞机周游世界。他摇摇头，这只是自己马后炮的想法罢了，阿慧在或不在，其实改变不了什么。他们还是会窝在这麻雀屎大的村落里，相伴终老。

生日前几天他又做了那个梦，原本以为再也不会做了，可又那么毫无端倪地出现了。还是一样的人、一样的场景。他和早出世那么几分钟的孪生哥哥韩大华站在打谷场上，两人都是十七八岁的青头仔模样，手里紧紧攥着什么，在毒辣的日头底下满脸油汗，彼此对视。然后，像是听到了某声召唤般，两人齐刷刷地伸出拳头。就在他们向世界张开掌心的刹那，梦戛然而止。

韩小华明白自己从来没有放下过。他一直在后悔当年的事，这改变了他自己，以及子孙后代的命运。他不愿意再踏入外面的世界，原因竟像小孩赌气般幼稚：他怕见多了，会琢磨，如果当年换成是他抽中那根签，人生又会是怎样一番境地呢？

有些事，想不如不想，做不如不做。可越是刻意不去想，却越是魔怔般地陷了进去。

于是，日子也愈发地变得没有意思了。于是，他想到了死。

韩小华活了七十岁，见过的死人不比活人少。村史馆里的AR沙盘一开，用手指滑动时间轴，就能看到鲤烧村百年来的变化，海潮进退、山陵起落，农田和房屋像是对弈的两方势力此消彼长，道路如年轮或皱纹蔓延生长，可唯独看不到人的变化。

他记事后见到第一个死人，是在他六岁那年。

"摔死人了！"他被人群高亢的呼喊声吸引着，停下了手里揉搓的泥球，摇摇晃晃地跟在大人屁股后面到了现场，一座储粮的土圆仓前。人里三层外三层地拥着，他挤不进去，踮起脚也只能看见铺着麦秸秆的仓顶，像一顶大伞缺了一角。

不知谁喊了一句什么，韩小华面前突然齐刷刷地让开一条道，他慢悠悠地瞅着一条条蓝灰色的裤腿，有洞的、没洞的、带花的、打补丁的，走进了人群的中心。那里有他歪着脖子一动不动的阿爸和哭天抢地的阿妈。

算法

"饿的。"旁边有人这么说。

这两个字让他记了一辈子。他哥一直到来年开春才明白自己没了阿爸。

韩小华渐渐习惯了这种突如其来的死亡，他一直以为这就是人生的常态。眼看着村尾的墓园越修越大，灰白碑石占掉小半个山头，他从毛头娃娃长成了后生仔，再一路马不停蹄地老去，见过的死法也是千奇百怪。一开始还是病死、饿死的多，后来各种暴力致死占了上风，有了点儿钱之后就变花样作死，吃喝嫖赌抽，不外如是。就好像阎王爷派出了几队人马，都忙着绩效考核，搞起了内部竞争。

如果他墨水多一点，说不定也是个文豪，专门写死人的那种。但不管什么年头光景，永远不缺的是自杀的名额。

看天吃饭那会儿，一阵风、一阵雨，都能让一家老小断了口粮，生路都没了，死也就不算个事，还能凑个全家齐整。

后来查出个什么大病绝症的，一合计，怕连累家里人，就自己干净利落地了断了。说来也好笑，医疗条件上去了，自杀的人反倒更多了。

再往后，死了也就死了，说不出个道道儿，也许有缘由，也许没有，就是不想活了，信哪路神仙也没用。

家伙倒还是老三样：农药、煤气和上吊。时间多半选在年关前后，因此过节期间上坟的人不比置办年货的少。

韩小华好面子,他得给自己挑个体面的走法,不能让儿孙们在村里抬不起头来。他搜到网上有一些专门的服务机构能帮人安排这种事情,只是他不知道合不合法,于是这念头就一直搁在那儿。

他还是把耳朵上夹的烟点了,深深吸了一口,看着这片世世代代没有离开过的土地,缓缓吐出。

如今的鲤烧村是他年轻时候做梦都想不到的。2030年啦,农民都AI了,上云链了,拿个手机按几下,农活都让无人机蜂群、机器人给干了,甚至都不用人管。老天爷稍微变个脸,刮风、下雨、升温、降温,触发什么智能合约,马上就有相应的措施防止庄稼受灾,这可比人强多了。每一季种什么、怎么种、渠道在哪儿、价格怎么定,都有数据链条帮你搞定,它看的可不是各家各户的一亩三分地,而是全球市场。

好家伙,这日子可比古时候的皇帝舒服多了。可就是这种神仙日子让韩小华浑身不自在。都不用人了,人还活着干吗呢?就像那些小孩,整天戴顶怪里怪气的塑料帽,完全活在另一个虚无缥缈的世界里?那跟旧社会抽大烟有什么两样?

新闻上说,算法可比大烟让人上瘾多了。韩小华还是头一回听说这个词。

孙子让他戴过一次那帽子,像掉进了一方无底洞,各路牛鬼蛇神以极快频率闪现又消失,有真人、有卡通,还有不知道是什么玩意儿的怪异图案,看得他太阳穴突突直跳,眼睛晕得冒火花,几乎

算　法

是跪着把帽子给摘了，从此再也不敢碰。

韩小华知道自己已经追不上这个时代，他也从来没想过要追，不像他经常在媒体上露脸的哥哥。"不老的弄潮儿"，他们这么夸道，韩大华投资领域跨度极大，且成功率奇高，旗下企业矩阵已然形成了小小的技术型商业帝国。而自己只是个虚耗岁月的过时之人。

想到这里，他突然受了刺激似的，掏出手机，按下收藏夹中自杀服务商的联络键。他不知道接下来会发生什么，许多事情在他脑中一闪而过。韩小华甚至想起许多年前哥哥替他买的保险，不过他清楚自杀无法理赔，也就不用担心一对儿女会因此起纷争。该留下的、该分好的，都已经安排妥当。

现在轮到他自己了。

"阿爸。"

儿子韩凯突然出现了，叫住了略显慌乱的父亲。

"差不多该散了，您再去敬一圈？"

"哦，好。"韩小华漫不经心地应着，往宴会厅走去，这时手机响了，他一下子定在那里。

"怎么了，爸？你没事吧。"

"没事，没事，我接个电话马上进去。"

打发走儿子，韩小华又走远几步，清了清喉咙，郑重其事地接通了电话。电话那头传来一个年轻而爽利的女孩声音。

"小华叔吗?"

"是我啊,你是……"

"我是笑笑啊。"

"笑笑?哪个笑笑?"

"就是陪你走过三次人生路的笑笑啊。"

韩小华猛然惊醒,在黑暗中,他喘着粗气,花了好长时间才想起自己身处何时何地,睡梦中那极度真实的场景和感受,却早已恍如隔世。他不明白为什么会在这时候发这样的一个梦,也许背后埋藏着隐秘而深刻的认知规律。但此刻,回忆不受控制地蔓延开来,一切都从那个突如其来的电话开始。

那是笑笑,他的侄女,哥哥韩大华的女儿。

二

接到笑笑的电话之后,韩小华在大湾区逛了三天,却连哥哥的影子都没见着,他有点儿按捺不住了。

笑笑倒是全程陪同,照顾得细心周到。虽说是侄女,可年纪却和他孙女差不多,不,甚至看上去还要更年轻更有活力些。一头密且软的灰蓝短发,健美匀称的运动员身段,如果硬要说哪里像他哥的话,也许就是眼神中偶尔闪过的一丝傲气。

他们上次见面时,笑笑还只是个怯生生的小女孩,哥哥也不

星云志·NO.11
算 法

搭理她，只让她在一旁玩着编程玩具。倒是韩小华主动跟她说话，给她椰子糖吃，那是阿慧最喜欢的零嘴，却被笑笑一脸严肃地拒绝了。

她说，爸爸不让我吃糖，那会让我的大脑上瘾。

韩小华这才知道面前这个小女孩是哥哥的孩子。

他从来没有关注过哥哥的私生活，也不想知道。对于他来说，哥哥是个如此特立独行的人，无法用任何传统的条条框框来限定，至于跟谁、有多少个孩子这种村里人才好打听的八卦，他是断断问不出口的。

大湾区跟记忆中相比，又有了翻天覆地的变化，这才不到十年，几个片区又立起了七座世界级摩天楼，入驻的全是全球顶尖级企业的亚太总部，在阳光下高得耀眼。新能源无人车和共享交通系统大大提高了人们出行的效率，减少了污染。最让韩小华惊讶的是，三天时间他们把我国的深圳、香港和澳门转了个遍，竟然一次也没有被要求下车检查各种证件。

从鲤烧村来到这里，就像是穿越到了未来。当然了，他也知道，这里许多建设用地都是拿红线里的耕地面积去和省内其他欠发达地区换回来的，像变魔术一样移花接木。

"我给叔申请了临时的大湾区通证，您的个人数据已经同步上传到云链上了，也就是说，不管是医疗、保险、交通、餐饮、娱乐……你能想到的方方面面，现在都可以在大湾区享受到。"

"哦……这样啊。"韩小华并不确定自己完全明白了。

像是看穿了叔叔的心思,笑笑连忙举例说明。

"就好像咱们昨天去吃的海鲜酒楼,万一,我是说万一啊,您吃了不新鲜的鱼虾,食物中毒了,一是因为原材料都可以通过链上溯源,我们马上能知道究竟是哪个批次出了问题,锁定责任且防止更多人受害;二是您到医院的时候,所有个人健康数据都同步了,跟有问题的食物检验数据一交叉分析,诊疗方案马上就出来了,不耽误事儿;三是保险公司得到医院的实时反馈,触发智能合约,您的赔偿金不需要再经过重重审核,直接就可以打到您的通证账户里;四是因为以上所有数据记录都是真实且无法篡改的,您对这家酒楼的评分权重会自动升高,可以帮助更多的消费者形成消费共识,还会给您一些奖励。我这么说,您是不是清楚点了?"

韩小华点点头,心想这姑娘脑袋瓜子真好使,他突然又想到了什么。

"这么说来,方便倒是方便,可我去哪儿、干吗、有什么毛病不都被人知道得一清二楚了?"

"这您不用担心,我是学数学的,法律规定,所有个人数据都必须经过脱敏处理,而且进行量子加密,链上的任何节点都没有被他人滥用……"

韩小华走了神,想起笑笑打来电话的时间点,偏偏那么巧,就在他按下联络键之后。毕竟他和哥哥平时走动不多,尤其是上了岁

算 法

数之后,两人之间许多原本能说、不能说的话,想想说了也没啥意思,就又噎了回去。哥哥几次邀他去游玩,都被韩小华以各种理由婉拒。

这一次,韩小华却一口答应了。他想,在临走前还是得见见哥哥,毕竟是一个娘胎里出来的,前后也就差了那么几口烟的工夫,总还有一些割舍不断的羁绊。

"……小华叔!我爸刚打来电话,说他那边完事了,让我带您去见他。"

"噢,噢,好的,麻烦你了。"韩小华不知怎的突然紧张了起来。

见面的地方在蛇口区一栋大厦里,挑高顶层里别有洞天地搭出一间茶室,古朴素雅,却能望尽整片海岸风光。

哥哥已经在包厢里等着韩小华了,面容气色竟比几年前还要显得年轻,说是五十出头恐怕也没人怀疑。两人站在一起,尽管相貌如此相似,却猜不出谁是哥、谁是弟。

"小华,快坐,这几天玩得可好?笑笑有没有照顾周到?"

"哥,太客气了,麻烦笑笑了。"

"叔又不是外人。爸,我还约了朋友,你们先聊,等差不多了我再来接小华叔。"笑笑跟父亲抱了抱,帅气地甩甩头,离开了包厢。

"你这女儿可真是……"韩小华想了想,挑了个比较中性的词,"优秀。"

"就是没常性,干什么都三分钟热度,像我,哈哈。"

兄弟俩就这么喝着凤凰单丛,拉着家常,仿佛一场平日无事的下午茶叙，看着日头慢慢从海平面上坠了下去，给万物镀上了一层金光。

"小华，夕阳无限好啊。"哥哥突然感慨了一句。

"哥……你知道了？"

"都说双胞胎之间会有一种感应，你的心思，我又怎么会不知道。"哥哥眼含笑意。

"我不信。"韩小华是真的不信，他从来没有感应到哥哥的任何心绪变化，反过来理应亦然。

"你还是老样子，啥都不信。"哥哥喝了口茶，收了笑，"是我当年给你上的保险里，有一项自杀干预，一旦你的行为触发某项指标，就会通知我。"

"我就知道。"

"对，对，对，你什么都知道，就不知道怎么好好活着。"

韩小华语塞。

"我最近一直在做同一个梦，梦见当年咱们俩抽签时的情形，我知道，你心里一直有个结，"哥哥的口气和缓下来，顿了顿，"我也有。"

韩小华把玩着手里的紫砂茶杯，在渐暗的日光下摩挲着其表面的纹路。

"……现在说这个有什么用？"

"如果，我是说如果啊，我能让你抽到那根签呢？"

韩小华看着哥哥的眼睛，他知道这不是玩笑话。如果硬要找出兄弟俩最大的不同处，那就是大华相信自己能做到一切看似不可能

算　法

之事，这种相信引导他克服了现实世界的重力阻碍，完成从井底到山巅的无数次跳跃；而对于小华来说，他相信发生在自己身上的便已是最好的安排，直到阿慧的去世，让他开始动摇，才会想要违背安排，去提前结束自己的人生。

有时他也会想，自己和哥哥的这种人格差异，究竟是出生之时便已经注定，还是后天一点一滴积累起来的。先天的话，同卵双胞胎在遗传上近乎百分百相同，除非相信命理玄学；如果是因为后天的话，毫无疑问，那件事便是决定性的分水岭。

太阳已经完全落下海面，茶馆里亮起了灯，茶香氤氲，飘着若有似无的粤曲吟哦。

大华和小华相对无语，各怀心事，只是一泡又一泡地喝着茶。

韩小华知道，一旦自己迈出了这一步，很多事情就回不去了，他需要时间来思考。而哥哥也清楚这一点，可以看出，他强压住心中的迫切。今晚注定会是个不眠之夜。

不过，既然韩小华已经选择了长眠，少睡一晚又算得了什么呢？

三

事情并不像韩小华想象的那么简单，尽管他想的也并不简单。

他们第三次来到这栋全玻璃钢结构的大厦，经过三重门禁关卡后，终于来到了此行的目的地：因陀罗系统。韩小华之前两次的全面体检及基因测序、脑神经连接组测绘的数据已经悉数上传到平台，组成了一个即便放眼全球也属于顶尖水平的虚拟人模型。

全身经过消毒的韩小华被喷上一层半透明的速干凝胶，其中包含着数百万个纳米感官单元，从某个特定角度看，仿佛在松弛皮肤表面悬浮着一层金砂。他颇有几分尴尬地被笑笑领到了巨大蝌蚪状的白色舱体前。

"这叫森萨拉舱，也叫轮回舱。"笑笑解释。

这并没有减轻小华心头的疑虑。他注意到这里的房间和设备都是用佛教名词命名的。哥哥信佛吗？还只是觉得这样做可以让中国人接受起来更容易些。毕竟如他所说，这还是一项处于临床实验阶段的前沿技术，谁也不敢保证百分百不会出岔子。

对韩小华来说，再大的岔子也不过是把自己的死亡计划提前执行而已。

有人拍了拍他肩膀，他回头，是哥哥，眼含关切，或者正做出眼含关切的样子。

"小华，你还需要考虑一下吗？我们还有时间。"

韩小华一笑，"协议都签了，你就别跟我来这一套了。"

尽管三个律师花了两天时间向他详细解释协议里所有的条款，可他还是没法搞懂那些技术术语——神经链式反应、量子态化身、虚时间效应……简直比外语还难懂。他只记住了一个词：算法。

律师说，这是整件事的根基，也是一切的根基。

算　法

所以，算法究竟是什么呢？读完冗长的定义后，韩小华仍然不明白。

最年轻的那个律师抬起头，脸上没有半丝开玩笑的样子，"是道。"

韩小华躺入舱内，温热的弹性材料自动包裹住他的身体，空气中有种令人平静的甜味。他想了很久究竟在哪里闻到过，记忆只能回溯到孙子孙女出生时的产房前，据说医院提取了羊水中的某种成分做成香薰，对产妇和家属都有镇静安抚的效用。

舱门关闭之前，他看见哥哥的脸，似乎在对自己说，"我的话你都记住了吗？"

韩小华笑了，这几天哥哥说了太多的话，比过去半个世纪说的话加起来还多。这其中并没有多少手足间的家长里短，更多的是他听不懂也记不住的天书。他有时候甚至觉得自己在跟另一种人交流，比老外更陌生、更遥远。

舱门完全合上，韩小华感觉自己的脑壳被盖上了一条热毛巾，四周亮起了蓝绿色的光，有节奏地闪烁着，而且越来越快，略高于体温的含氧液体漫过他的四肢，逐渐向五窍逼近。尽管这一切都已经在引导视频里讲解过，可韩小华还是无法遏制身体里那种原初的恐慌，如同回到了童年在海边被恶浪卷跑的瞬间。

他闭上眼，似乎这样能好受一点。

……想象自己漂浮在一望无际的海面上，阳光、微风、海浪……什么也不要想,什么也不用怕……这时,平台会在你的肉身和量子态化身之间建立映射关系……你会感到有一丝怪异,就像是意识和肉体之间有一道缝隙,总是无法完美地重叠在一起……

哥哥的话开始在韩小华脑海里播放起来,伴随着不知是真实存在还是幻觉的梵音,韩小华感觉舒服了一点。他努力去捕捉那种感觉,但越是努力,越觉得自己要被吸入某个深渊。

……联结完成时,你会感觉到"咔嗒"一下,就像齿轮彼此啮合……我们会用算法改写你记忆中的某个节点,其实是你的量子态化身的记忆,神经链式反应会推演出你随后所有的记忆及认知的变化,就像你真的重新活了一遍一样……

重力的方向缓缓倾斜,他觉得海面旋转着拍打在身上,带来疼痛和压迫感,一种矛盾的感知让头脑陷入了混乱。他迎面拥抱着整片大海,而另一股引力却让他逆流而上,朝海洋的深处潜入,或是向天空浮去。

……你要记住,你依然是你,你既在那里,又在这里,这就是因陀罗的奇妙之处……你有选择的权利,但也需要承担相应的后果……如果你想停下,随时可以回来……你的身体状况,只允许有三次改写的机会……

韩小华沿着半透明的流动光幕缓缓上浮,身边的每一个气泡仿佛都折射出细小的记忆碎片,闪烁着不真实的微光,分裂、破碎、融合。他似乎听到了某种召唤,愈加用力地朝着泛有光亮的水面游去。

……小华!小华!你听到我说话了吗……

由细长尾部带动旋转的森萨拉舱稳定了下来,控制台上显示出各种数据波形。韩大华朝女儿点点头,笑笑不知什么时候也换上了紧身装束,她也点头回应父亲,遁入旁边略小的蛋壳状座椅中。
"记住你要做的事。"
在舱门即将合拢之前,韩大华用毫无起伏的语调提醒女儿。

四

"……小华!小华!你听到我说话了吗……"
韩小华被白光晃得睁不开眼,眼睛适应之后,他看到了满头大汗的哥哥，只不过，不是中年人长相，而是舞象之年的少年韩大华。他倒吸了一口气，看看自己的手臂和身体，也是年轻模样。

"我……"

"你什么你，看把你激动的，愿赌服输，你可得好好学，给韩家光宗耀祖……"

韩小华这才感觉到手心有什么东西硌得生疼，是那根短了一截的麦秆。

看着记忆中的世界如此巨细靡遗地复现在眼前，是一种无法言说的感受，而更加微妙的是时间流逝的速度。韩小华几乎敢打包票，这里的日子比正常世界里过得要快，就像是用倍速播放的视频，但至于快多少，他估计不出来。好在这种快已经嵌入了他整个身心，如此自然地接受了下来，并不觉得错乱。

韩小华在报考大学志愿时犹豫了好久，他深知恢复高考之后，年轻人飞蛾扑火般的热情，以及远远低于当今的录取率。

五十年后的他知道自己无法追随哥哥的脚步报考数学系，他完全不是那块料。这就像一个可笑的悖论，要回到过去重新选择人生，却无法摆脱旧有人生的眼光和恐慌。

经过反复考量，他打出一张安全牌，考上了省内一所师范类院校的商科专业，学费低，离家近，毕业好找工作，读下来也不至于太难。

大学四年的时间过得尤其快，韩小华体验到他从未体验过的校

算法

园生活，每当那些新鲜而充满不确定的事物向他伸出手时，他总会陷入一种不知所措。他会想如果是哥哥会怎么做，继而会想，这些片刻的欢愉会将自己的人生带向何处。

首鼠两端间，他成了校园里的隐形人。而其他学生，无论是少年还是中年，都如同沉睡已久的火山，对知识、对表达、对自由，对一切的一切，爆发出近乎疯狂的热情，像似要把生命在这短短四年燃烧殆尽。

韩小华远远看着这些人，仿佛看着一道道充满未知数的数学题，而自己的那道，他已经看清了每一步求解的过程，甚至答案。

他将被分配到特区一家存在至今的"国"字头企业，一路干到中层，并在深交所开业之后成为新中国的第一批股民，分享改革开放的红利。他会将所有的收入购买房产，并在2019年前陆续抛出，转换为股权投资、虚拟货币并在全球置业。他将会娶一位本地村民的女儿，这样一来，他们的后代将享受终身的村办企业股份分红，以及数栋价值过亿自建房的稳定租金回报，等待城中村改造项目把他们送上财富的金字塔尖。

一开始，他以为是真实世界残留的记忆在引导自己做出选择，就像是提前偷看了试题答案的考生，可很快，那些记忆变得模糊不清，就像有一只无形的手牵着他，在人生的每个岔路口选择方向。他无法解释，只能接受。

他没有忘记回馈故乡，只是每次看到掌纹里都嵌着泥土的哥哥时，心里总会泛起一丝莫名的愧疚，但随即，他会这样说服自己，这是命，一切都是我应得的。于是，回乡的次数也日渐减少。

所有人都说他运气真是好，每一步都踩在点子上，如有神助。他却感觉惶恐，似乎这条路并非出自他的本意，尽管每一个决定都如此正确安全，但总有什么东西埋伏在前方的暗处，静静地等着自己。

#

风起于青萍之末。

拓扑量子计算的突破引发虚拟货币市场的雪崩，韩小华苦心选择的对冲机制在范式转移面前毫无意义，高杠杆就像自我增殖的癌细胞，不断侵蚀原本健康的资产配置。他想用自建楼作为抵押，但国家的政策已变，不再进行城中村改造，转向更为经济高效的棚屋改造，原本将他奉为座上宾的银行领导对其避之不及。为了填补巨额债务，他只能通过地下黑市贱卖资产换取时间，怎奈雪球滚下山时总比将其推上山要容易且快得多。

他破产了，信用降级，消费受到限制，全家搬离了半山别墅，住进了一处普通高层。

从那之后，他就开始做噩梦，梦见从高处坠落，身陷沼泽或者在黑夜中躲逃猎杀自己的丛林猛兽。

他几乎在一夜间老了十岁。

是夜，韩小华又一次从噩梦中惊醒，在梦里，他才是那个面朝

算法

黄土的农民,而不是哥哥。看着妻子轻微起伏的侧影,他感觉到一种说不出的陌生,似乎梦里的那阵茶花香才是真实的,而眼前的一切尽是虚幻。

早年某次心血来潮,他回乡寻访儿时青梅竹马的阿慧,两人站在香火缭绕的祠堂门口,相对无言。阿慧接过他带来的礼物后咧嘴笑了,露出并不整齐洁白的牙齿,说你还记得我喜欢吃椰子糖啊。他听到了自己内心真实的回声,这不过是一个普通得不能再普通的乡村妇女,那些美好记忆仿佛都只是加了多重滤镜后的效果。

他轻轻下床,走上阳台,抽了根烟。城市中灯火未央,烟雾在夜风中散去。

人生就这样了吗?

韩小华突然一个激灵,似乎听到了什么不该听的东西。他把没抽完的烟在墙上蹭灭,又夹在耳朵上。因为这个习惯,妻子不知道说过他多少回,嫌他丢人,可奇了怪了,他怎么也改不了。

他爬上阳台的围墙,坐在边缘,双腿悬空,轻轻晃动。这栋高层下方,是一片黑黢黢的树林,此刻,它像一口深不可测的秘潭,诱惑着韩小华做出一些非理性的举动。

他挪了挪身子,离那口秘潭又近了一点。他不明白自己为什么会来到这里。不只是阳台,而是人生,怎么就来到了这么一个怪异的点上。

他摆脱了父辈的命运,不再是粤北山区一个靠天吃饭的农民,而成了当之无愧的人生赢家，再从云端重重坠下。从始至终，他都没有快乐过，在世俗看来无比成功的每一步，似乎都在损耗他的生命力，将人之为人的一些不可名状之物抽离躯壳，留下的只有按程序走向既定终点的血肉机器。

韩小华想拿起耳上夹的那支没抽完的烟，突然闻到了一阵茶花香，他猛地回头，身子晃了晃，一下子失去了重心。

人生就这样了吧。

那个念头再次闪现。韩小华并没有坠落，而是凝固在了半空中，保持着一种局促而滑稽的姿势，像一个草草画下的休止符。

然后，他看着那张脸从虚空中浮现，进入自己的身体。

整个世界被拉扯成光的隧道，通往未知的深渊。

五

韩小华在轮回舱中猝醒。含氧液尚未完全排空，他大口呼吸着，喷出鼻腔和气管中的黏液，死命敲打舱门，喉底发出非人的哀号，仿佛自己身处六尺之下，被囚于活死人的高科技棺椁中。

几个医护人员托扶他出舱，给他注射了镇静剂。

慌乱中，他看见了哥哥的脸，像是看见另一个世界的自己，可身体的所有感受都在告诉他，他又回到了那具孱弱、笨拙、衰老的躯壳中。

算法

在被推出实验室之前,韩小华与蛋舱中的笑笑对视了一眼,是她将自己带回来的。笑笑的眼神透露了很多东西,但韩小华不确定自己是否完全理解了其中的信息,更令他奇怪的是,从那一眼开始,笑笑就不再是之前那个单纯的小侄女了,她似乎变成了另一个人。

他还没来得及多想,镇静剂便起效了,韩小华一下被白光所吞没。

等他再次醒来时,韩大华和笑笑已经在旁边等候。

"怎么会这样?"韩小华挣扎着想起身,却被输液管和电线扯住。

"别乱动,"哥哥按住他,"医生说你没什么大问题,只是需要休息。"

"为什么……为什么每一步我都走对了,可结果还是一样?"韩小华的声音沙哑发颤,痛苦无法掩饰。

"在之前的机器模拟中也出现了同样的情况,我们反复调整了参数,避免拟合或拟合不足,但没想到加入人的意识之后,结果还是一样的,这也许跟超贝叶斯信念网络……"

"说人话!"笑笑的解释被韩小华粗暴地打断了。

笑笑委屈地嘟起嘴,韩大华看了女儿一眼,示意她稍等。

"小华,我明白那种感受,我也体验过。你会越陷越深,忘了自己从哪儿来,要到哪儿去,那些跟了你一辈子的念头,和新的信息搅和在一起,会变成一锅粥。因陀罗不是一款线性游戏,不是你选了什么,就会有对应的故事线和结局。你变了,整个世界都会跟着你变,这是它的奇妙之处。"

"所以到头来,有什么意思呢?"

"你不觉得你有点儿不一样了吗？"

韩小华被哥哥的反问噎住了。

说起来，他确实有了点儿变化：整个世界更亮堂了，他能听出每字每顿里的细微情绪，注意到笑笑发色深了两个号，甚至连音乐都比以前好听了。不仅如此，尽管他还是那个跟泥巴打了一辈子交道的老农，可当他听到新闻里的国际大事时，居然会有一些念头不受控制地蹦出来。那些念头不属于他，而是来自另一个韩小华，那个被隔断在舱门另一边的自己。

"小华叔，你的算法变了。"笑笑蹲在他床前，语气中半是撒娇半是求和解。

"我的……什么？"

"算——法。"怕自己没说清楚，笑笑又拉长音节重复了一遍。

"你乱讲，我又不是机器，哪来的算法？"

"笑笑没乱讲，人也有人的算法。"哥哥笑着，突然伸手指戳向弟弟的眼珠，韩小华立马闭眼躲闪。

"瞧，趋利避害，饿了要吃，发情了要交配，这些都是写在生物体内的法则，经过亿万年进化直至现在，是最底层的生存算法。我还记得你从小就爱吃麦芽糖，没记错吧。"

"这也是算法？"

"麦芽糖是高升糖指数食物，能够快速提高血糖水平，提高人在饥荒中的存活概率。但是对于带有糖尿病基因的人来说，这就不是一个最优算法，因为时代变了，发生饥荒的概率大大降低，而食物中的热量却显著增加。所以我们还得考虑来自亲代的遗传算法，也包括行为上的遗传表观。"

"照你这么说，你和我的算法应该差别不大，对吧？"

哥哥顿了一下。

"我知道你的意思，小华，如果人的差异都是先天决定的，那就简单了，就跟蚂蚁之间的差异一样可以忽略不计。可人还有复杂的后天因素，这才使我们成为一个个独一无二的人。"

韩小华陷入沉默，他回忆起恍如隔世的另一段人生，那个不知从何而来的妻子，以及过山车般的经历。他开始有点儿明白了。

"会不会是……因为我的算法还是旧的，所以就算给我一条完全不一样的路，最后也会走到同一个终点？"

"小华叔，你这个想法很大胆哦……"话说一半，笑笑突然停下了，脸上露出怕得罪人的表情，看到韩小华并没有不快，才接着说了下去，"……也许我们可以从数学上证明，决定人生轨迹的并不是外部境遇，而是心智算法。"

"心智算法？"一下子听到太多新名词，韩小华有点儿发懵。

"从生存算法到遗传算法，再到心智算法，像一座金字塔，每一层都建筑在前一层之上，心智算法就在顶层。它决定了你如何感知世界，认知态势，决策以及采取行动的整个过程。不像生存算法和遗传算法，心智算法在整个人生中一直不断地自我更新迭代。爸爸总说，人生就像滚雪球一样，最重要的是找到足够湿的雪和足够长的坡。"

"呃，其实是巴菲特说的。"韩大华不好意思地纠正道。

"谁？"韩小华一脸不解。

"不管是谁说的，总之，就像在沙塔尖再放上一粒沙子就能引起崩溃一样，心智算法能够影响遗传算法，甚至改写底层的生存算法。"笑笑解释。

"我不明白……崩溃？为什么不一早告诉我！"韩小华眼神慌乱，再次试图起身，又再次失败。

"一早告诉你，你能懂吗？"

第一次入舱的情形过电影般掠过韩小华眼前，尽管只是昨天，却仿佛隔了几个世纪般遥远。他知道哥哥说的是对的，同样的话，对于昨天的自己来说，只能是无意义的胡言乱语。他突然心生恼怒，既然已经选择了重过人生，为何还要选择最没有风险的一条路，一眼看得到尽头的人生还值得过吗？看来底层算法中的饥饿和不安全感依然牢牢地掌控着自己的一举一动。

韩小华感觉自己和哥哥的距离不是近了而是更远了，哪怕回到自己最生龙活虎的年纪，却还是欠缺了哥哥身上的某种东西。对于那样东西，他以前的心中只有一个模糊而无法言表的概念，现在他明白了，它叫生命力。

没有了生命力，哪怕你凭借作弊或运气抵达成功之巅，却依然无法应对随其而至的虚无与厌倦，你仍然会坠入深渊。

他想起了阳台上那个最后的问题。

"我还能再重来一次吗？"韩小华说出了自己都不敢相信的话。

"……只要你想好了，"哥哥也有些意外，"你还有两次机会。"

笑笑看了叔叔一眼，向他解释道，由于没有接受长期的抗衰老疗法，他的大脑和身体状况最多只能再入舱两次，而且每次的回溯行程都必须比前一次更短。她打了个比方，第一次韩小华能回到兄弟两人高考抽签之时，第二次只能再往后面的时间点回溯，但三次的总行程不变，这次长了，下次就会短。

她似乎还想说些什么，却被父亲打断了。

"所以这次你想好回哪儿了吗？"

韩小华用满脸的皱纹堆起笑容，似乎又闻到了那阵茶花香气。

六

韩小华再次漂浮在记忆之海上，海浪轻柔，推搡着他想象中的身体。

这次与上一次不太一样，他的整个视野更加开阔了，他几乎可以闻到湿润海风中的咸味，水流的震荡模式发生微妙变化，他知道自己应该期待什么。

重力方向逆转，海面倾斜，如一座液体的山重重地砸在他身上。

韩小华自觉像孙猴子一样从混沌阴暗的五行山底,拼了命往光亮的地方游去,仿佛要从那个缺口迸出,爆裂重生。他再也无暇去端详那些炫目的五彩气泡,就算每一个都包含着自己的一段过去,那又如何,无非梦幻泡影。

在漫长的上升过程中,他突然领悟到,这是时间与空间相互转换的一种方式,就像插秧时秧苗的疏密程度决定了收获的快慢。他讶异于自己的发现,而后便被白光吞没了。

韩小华睁开眼,眼前是一片水银泻地般的星空,裂帛般的浮云缓缓飘走,没有月亮,一切却罩在银蓝色的光中。

"你醒啦,你可真能睡。"

一人声音中带着笑意,猛地将韩小华拖入这个世界。他扭头看到了那张脸,二十一岁时的阿慧,即便在最黑的夜里,也好看得像发亮的银镯,让人忘了呼吸。

"你大晚上的把我拉上山,不会就是来睡觉吧……"阿慧突然停住,意识到自己说错了话,"……我——我是说——你睡觉——我看星星……"

夜色太暗,韩小华看不见她涨红的双颊。他突然被巨大的幸福所淹没,眼泪几乎要夺眶而出。一切都美好得如此不真实,尽管他在记忆中无数次重现过这一幕,可那毕竟是五十年前的事了。如今这一切都复现在他眼前,他又怎能不激动得丢了魂儿。

"阿慧,我……"韩小华话只说到一半。

算 法

他知道自己接下来要说的每字每句：阿慧，我要娶你过门，我会让你过上安生的好日子。在另一个版本的人生里，他没有违背诺言，远离了饥荒、战争与颠沛流离的生活，安稳得像村口那棵老榕树，不再像父辈那样为了生计而焦心发愁。

可那样的日子就好吗？经过了人生分岔路口的韩小华开始怀疑这一点。

"……我要娶你，"他想了想，换了个说法，"我要让你过上不一样的日子。"

阿慧看着他，眼中扑闪着半个世纪前的迷惘。

#

这世上有三种人：农民、会计和赌徒。韩小华记得母亲总这么教育他们兄弟俩。

农民埋头种地，看天吃饭，饥一顿饱一顿，多半是要认命。

会计会算数，遇事心里算盘敲得噼啪响，做事按部就班，跟下棋似的，能看多远就能走多远。

赌徒爱下注，拼的是胆，看的是手风，押对了鸡犬升天，押错了家破人亡，还有一句话，十赌九输。

母亲说："你们韩家祖祖辈辈是农民，要认命，可我希望你们至少有一个能当个会计，能想会算，最不能要的就是赌徒，我没见过有人靠赌大富大贵的，断了家门血脉的倒是不少。你们要谨记。"

韩小华活了两辈子,一辈子农民,一辈子会计,这一世他决定忤逆母亲一次,当个赌徒。

\#

他们很快有了第一个男孩,韩凯,顶着刚出台的计划生育政策压力,韩小华又要了一个女孩,取名韩旋。他知道,这项政策的寿命不会超过40年,但将改变中国人口和整个社会的走向,当然,还有成千上亿条成型或未成型的生命。

一下雨,村里的黄泥路就变成了沼泽,韩小华考了驾照,张罗起车队。他要把各家各户的农作物直接运到广州去,这是以前从来没有人想过、更别说干过的事情。

亲戚们都劝他别瞎折腾,现在包干到户了,安心做好自己的本分就好,别像邻村的×××似的,被当成投机倒把犯给抓了进去,那可是要掉脑袋的。

韩小华只是笑笑,他清楚自己所干的每一件事都有风险,但他就像一个真正的赌徒,不会把注全押在某一手牌上,只要赢上一回,他就可以留在牌桌上继续玩游戏。

也正因为如此,每次和阿慧、孩子们告别,他都特别仔细,像要记住他们皮肤上的每一道纹路,谁知道算法会把自己带向哪里呢。

八十年代的广州,就像大淘金时期的美国西部,混乱中孕育着机会。许多人想从铁板一块的单位里逃离,更多的人想涌进去。这些人中的大多数是来自省内农村的富余劳动力，为了摆脱背靠黄土、看天吃饭的命运，拿上按月发放的薪水，他们成了"农民工"，干起了城里人不愿意干的脏累重活儿：搬运、环卫、建筑、冶炼、化工、港务、煤炭……

韩小华经常和这些淘金者厮混在一起，甚至挤在他们的笼屋里过夜，那是在一片石屎森林的洼地中用铁皮钢管搭起的临时工棚。白天，农民工到工地、厂房四处拿命搏，连续劳作十几小时是家常便饭，晚上就回到霉味、汗味、饭味掺杂的窝里一躺。八十平方米的房间，一半是工房，一半住了几十号人，还堆放着各种粮食、杂物。昏暗的灯光下，他们轮流抽着最廉价的生切烟，聊着从各处看来、听来的生猛八卦，下象棋、听港台流行歌、读黄色地摊小说，想象着未来的美好生活，然后在老鼠与蚊虫的滋扰中呼呼睡去。周而复始，日复一日。

虽然发大财的还是少数，可卖力气的计件工有一点好，只要不怕苦累，不怕没活干。他们都说，在广州，只要舍得出力流汗，就会有钱嫌，跟乡下没法比。一个月到手的薪水等于在老家一年多劳作的收成，还得赶上好年景，于是每个人都像被关了许久的饿狗，一放出笼，就不知疲倦地打着好几份工，然后把牙缝里抠出来的每一分钱都寄回家里。

韩小华赌得更大，他看到了这座城市的苏醒，如同昏睡已久的巨人，艰难而缓慢地伸展着躯体，想去适应新涌进的数百万人所带来的需求增长,粮食、蔬菜、副食品、供水、供电、供气、基础设施、公共交通……它由静止状态被强行拽上了跑道,喘着粗气,胸膛起伏,汗流浃背,可一旦这个巨人奔跑起来,便是势不可当。

由封闭到开放,人的需求增长是不可逆的过程,这就是机会所在。

韩小华把新鲜农产品拉进城,再把好用的家电用品拉回村里,一趟车赚两趟钱。他的车队越来越大,覆盖的村子也越来越多。在中英签署联合声明和许海峰赢得第一枚奥运金牌的那年秋天,他成了鲤烧村历史上第一个万元户。而他知道,自己赌对了,这仅仅是个开始。

在新盖好的三层小楼里,阿慧摸摸窗台,又拍拍床板,就好像担心这一切都不是真的,只是某种幻术变出来的虚影。

"放心,不是纸糊的!"韩小华笑着把她搂到床边坐下,剥了一颗椰子糖,放进阿慧嘴里,"瞧你,像小孩子一样。"

"我没有,我只是……觉得像在做梦。"阿慧似乎还没看够房间,眼神四处扫着,最后落到韩小华的手上,那是一双皮肤粗糙、指节肿大的手,"你吃苦了……"

"只要你觉得甜,那就没什么苦的。"

"嗯,只是……有点儿太快了。他们都说你变了,变得跟原来不太一样了。"

"这样不好吗?我还觉得不够快哩。"

算法

阿慧扭头看向窗外，火烧云渐渐淡去，隐入远山，各家各户的灯开始亮起，照亮了整饬一新的柏油路。她没再说什么，只是眼中的灯火闪烁不定。

#

这段人生比上一段慢十倍，这是韩小华入舱前的要求。

他不喜欢那种浮光掠影的感觉，像一个孤魂野鬼漂在世间，无法深入体验那些细微的情绪。他觉得上次的自己像被操控的傀儡，只是配合着剧情在演出一场舞台剧。

笑笑表示理解。

她告诉叔叔，"在量子时代之前，就算是运行有 1000 万亿突触连接的大型模拟神经网络的 E 级超算'天河三号'，也需要 27.5 分钟来计算一秒钟的生物时间，改进仿真数据结构后，时间减少到了 4.2 分钟。

"那可是用来模拟核动力航母、大型强子对撞、第四纪冰川期甚至虚拟宇宙大爆炸的百亿亿次超级计算机，可见人类神经系统之复杂。

"而到了量子超算时代，一秒钟可以模拟人类大脑多长时间的运转，你都不敢想象。"

"多长？"

"10 万年。"

韩小华张着嘴想了半天，没有人能活10万年，他想象不出这样的机器能派上什么用场。

笑笑摇了摇头，"但是因陀罗系统需要映射到你的意识中，我们不能跑得太快，否则会让您的神经过载崩溃，也不能太慢，过于频繁的读写也会损伤您的边缘系统，尤其是海马体。因此我们把速率设置在每秒计算10个地球日，如果一个人能活100岁，那么一个小时左右，机器就能模拟完他的一生。"

"我想再慢一些。"韩小华说。

"OK，那就放慢到每秒计算1个地球日，也就是说，我们需要……"

"10小时，就像一场梦。如果我能活那么久的话。"

"没错，我还得提醒您，因为速度变慢了，所有的感官模拟信号都将得到增强，就好像你快进了一段音频，就听不清对话，恢复到正常速度就一样了。好处是体验会更真实，情感更加投入，但坏处是我们无法预料你的神经反应，一旦我们认为刺激超过了您的意识熵阈值，可能将不得不提前切断连接。"

韩小华竟然全都听明白了。

"小华叔，"笑笑抚着他的后背，欲言又止，"您体验到的那些……都不是真实发生的，这您能理解吧。"

"这我当然知道，都说是模拟了嘛。"

"那就好，有时候，身在此山中……"

"不管怎么样，不是还有你嘛。"

算法

#

在北京正负电子对撞机首次对撞成功的这一年,韩小华决定举家搬迁到一座海岛上。这座岛获取自己独立的省级行政管辖权还不满一年,从某种程度上讲,它还是个婴儿,尽管人类已经在上面居住了数千年之久。

这个决定遭到了全家人的反对,令韩小华意外的是,来自妻子阿慧的反对最为激烈。

"韩小华,你根本就不是为了这个家!"记忆中那个柔顺的采茶女孩消失了,取而代之的是眼前这个声嘶力竭的生物,"你只是想赌一把,对不对?"

"我……"韩小华竟无言以对。

"先是广州,然后深圳,现在又是海南,孩子上学怎么办?老人折腾不起,那边有什么?要我们全家人陪你吹海风、吃沙子?"

那边有未来。

韩小华心里想着,却没说出口。他不知道这些年都发生了些什么,阿慧怎么会变成这样。自己明明是想给家人最好的生活,而且他清楚地知道,自己不可能输,整个世界的时间都站在他这边。可他没办法说服家里人,他们已经厌倦了频繁搬家,孩子学习跟不上,老人身体不适应,妻子交不到朋友,只能整天在花草、猫狗上打发时间,甚至头顶高压锅练起了气功。

他们看不见我所看见的。

韩小华这么安慰自己,他让步了,让家人待在深圳,自己只身南下,成了一名"闯海人"。尽管他每个月都会回家,可他闭口不提在那座岛屿上发生的任何事情。

四年间,岛上的房价翻了十倍,阿慧有点儿坐不住了。她旁敲侧击地怂恿韩小华,"海南其实也不错,空气新鲜,还有吃不完的椰子。"

韩小华忍住笑:"不是吹海风、吃沙子了?"

阿慧翻了个白眼:"小气鬼。"

终于在一个周末,他们全家来到了三亚。摇下车窗的瞬间,阿慧和孩子们被狂欢节般的场面震撼了。道路两旁的椰树上,挂满了五颜六色的横幅,横幅上写满楼盘名称、房型和联系电话。浓妆艳抹的广告小姐身披彩带,装扮花哨的大大小小的广告车招摇过市,喇叭、电台、电视和报纸上全是用词浮夸的房地产广告,挠得每个人心里痒痒的。

韩小华指着一棵棵椰子树,说:"我在这里和那里……都买了房。"

阿慧张了张嘴巴,什么话都没说出来。

无论去吃饭、逛街还是上厕所,都会有人认出"韩老板",掏出被揉得皱巴巴的"红线图"让他看地。上面有土地部门签发的关于获批土地的范围和位置,即便经过多次复印之后,已看不清具体方位、面积与地貌概况,但所有人都深信不疑,这张纸就是他们的未

算 法

来。然后买家便会复印下这张图纸，摇身一变成为卖家，去寻找下一个接盘者。

"一张图可以串起十几个买家哩，就像串蚱蜢一样。"韩小华跟阿慧和孩子们说。

"那怎么给钱呢？"阿慧不解。

"最后的买家把钱打到银行上的一个公共户头，中间人各自拿走属于自己的费用，然后真正的买家、卖家才能见面。"

"所以中间这十几个人都是空手套白狼咯。"

"没有他们，价也不可能一天天地往上翻啊。"

"可那只是一张纸啊，连个屁都没有。"

"话也不能这么说……"韩小华眨眨眼睛。

十几分钟后，一家人顶着毒辣的太阳站在沙地里，眼前是一栋灰黑色的、离盖好甚远的大楼，在潮湿的海风中暴露着自己的内脏和骨架。阿慧抬头看着，眼前一阵发黑，摇摇晃晃地赶紧扶住韩小华的肩膀。孩子们倒是开心得很，蹦蹦跳跳地踢着工地上的石子。

"真的是赌啊……"阿慧有些恍惚地说。

"你不懂，只有有人接盘，我就不可能输，这是大势所趋。"

当天晚上，一家人在海滩夜景中吃着海鲜大餐，孩子们用沾满金黄蟹膏的小手胡乱抹嘴，四周人声鼎沸，无论是哪里的口音，他们都在谈论着同一件事——未来。阿慧没怎么动筷子，她把韩小华叫了出去，两人在细软的白沙滩上一前一后地走着，旁边飘来若有似无的卖唱歌声。

……哎呀,南海姑娘/何必太过悲伤/年纪轻轻只十六吧/旧梦失去有新侣做伴……

"有话就说嘛,你平时不是这样的。"韩小华终于赶上了阿慧,她的侧脸在海面柔和的反光中似还是当年的模样。

"华,这么多年了,我没有求过你什么吧。"

"……嗯。"

"那这次你能听我一句吗?"她突然转过身来,正对着韩小华,反倒是韩小华低垂着眼,开始用脚趾在潮湿的沙地上挖坑。他知道妻子想说什么。

"这几天我眼皮老是跳,总觉得会出什么事。"

"……嗯。"

"华,你收手吧。"

韩小华在沙地上挖出的深坑被冲上岸的潮水淹没,随之消失的还有他的脚踝。

"她是对的,你赢不了。"

阿慧的声音突然变了一个腔调,韩小华的心一缩,在这热带岛屿的盛夏之夜,如有一阵寒风激起他浑身的鸡皮疙瘩。他抬头,阿慧的脸隐没在阴影中,似乎有另一张脸漂浮其上,影影绰绰地动着。

"不想重蹈覆辙,就听她的……华,你听到了没。"

那张漂浮的脸消失了,阿慧的声音也恢复了正常。

韩小华看着遥远的海面,黑暗的云团如同城堡般层层叠叠,像是有某种无法言说的力量在吸引着自己,走向黑暗,走向大海深处。他摇了摇头,回过神来,看见阿慧炙热的眼神,有种深陷沼泽的无力感。

……旧梦失去有新侣做伴……

"我知道了。"

韩小华终止了自己的下注,兑筹离场,带着深深的不满足,看着海南房价继续每天一个台阶地跳涨着,他觉得自己输了。

第二年,国家出手了,严令禁止银行资金进入海南房地产,国有四大银行的烂账高达 300 亿以上,挤占资金 800 多个亿。近两万家房地产公司倒得不剩几家,南海边的夕阳下,到处矗立着黑色墓碑般的烂尾楼,占地高达 1600 万平方米。炒楼花的人们,如丧家之犬匆匆路过,不敢多看一眼。

大萧条持续了三年,而岛上房地产完全复苏得一直等到十多年之后。

那段时间韩小华在家里不怎么说话,尽管阿慧从来不主动提起这件事，可韩小华还是觉得自己跑得窝囊。他在纸上每天写写画画，像是撞了鬼似的不干正事，终于有一天他突然大喊一声，"懂了。"

"你懂什么了？"阿慧问他。

韩小华答非所问："你还记得蛇口微波山下那块牌子不？"

"什么牌子？"

"时间就是金钱，效率就是生命。"

"有话直说，别装神弄鬼……"

"我跟你说过，那根串起十几只蚂蚱的线吗，它不是凭空悬着的，它捏在一只看不见的手里，庄家的手里。它保证了效率，却并不公平，只有把手拿开，让那根线自己去决定每只蚂蚱的命运……"

"黐鬼线。"

阿慧翻着白眼走开了。韩小华嘴里却还不停念地叨着，他知道要干什么了，他要找哥哥，做一个大得不敢想象的局。

他已经忘了自己回来的原因。

#

香港回归那年的冬天，在哥哥不足二十平方米的办公室里，韩小华和盘托出自己的想法。这是母亲去世之后两人第一次见面。韩大华彼时是个刚刚勉强升上应用数学系副教授的不成功人士，因为一些离经叛道的思想屡遭学界排挤，他嘴脸冰冷，言辞激烈，根本

算 法

不像别人刻板印象中的农家子弟。

除了一点：他仍然保持遗世独立般的自信。

说完了，韩小华等着哥哥排山倒海的批驳。可哥哥竟然在屋里点了根烟，长吸一口，又递给弟弟，他们年轻潦倒的时候，经常这样分享好东西。

"这都是你自己想出来的？"

韩小华尴尬地笑了两声。

"这个想法很大胆，也很危险，它挑战了很多东西。"白烟从韩大华口中喷出，"见了鬼了，它跟我一直在做的课题还真的有关系。"

"所以你能做？"韩小华两眼放光，竟然习惯地把点燃的烟往耳朵上夹，被烫得一惊，落了一身烟灰。

哥哥笑了起来，肆无忌惮，像在嘲讽全世界，和二十年前没有两样，看来这个习惯他也改不了。

"底层算法只是一方面，还需要网络和终端的配合，看看那只猫，"哥哥手一指，韩小华顺着看去，只有一个"嘎吱"作响的白盒子，并没有什么猫，"56k 的龟速，什么也干不了，至少现在没戏。"

韩小华用脚踩着地上的烟，烟丝爆了出来，蹍得遍地都是。他一言不发地站起身，挥挥手表示走了，却被哥哥的一句话拽住了脚步。

"现在没戏不代表将来也没戏。"

他回过头，疑惑地看着哥哥。

"我们现在在山脚下，"韩大华在白板上画了一个坐标系和一条陡峭上扬的曲线,在靠近原点的位置敲了敲,"谁也说不好什么时候技术会爆发,三年?五年?但我知道它就在那里,它一定会到来。只是需要时间和钱。"

韩小华又坐了下来:"你拿什么下注?"

"……我的人生,这是我欠你的,也该还了。"

"你在说什么?"

片刻沉默之后,哥哥突然一改之前的骄横,显得局促不安起来,他在白板上胡乱画着什么公式,嘴里喃喃自语,又突然停下,把笔一扔,像是缴械投降般口气低软下来。

"抽长短的时候,我作弊了。"

韩小华愣了几秒,突然明白过来话里的意思,脸瞬间涨得通红。他站起身,攥紧拳头,又松开,浑身筛糠似的抖着,失去了张嘴说话的能力。

"当时我觉得就应该我去上学,这是为了整个家族考虑……可现在,我知道我错了,大错特错。你本该比我有更高的成就。"

韩小华看着哥哥,就像一个婴儿冲着镜子里的自己发怒,他突然明白了自己在阿慧眼里是怎样一个人。他深深吸了一口气,走到哥哥面前,伸出手。哥哥紧闭上双眼,准备迎接痛击。

"我给你钱和时间,不过,我们要签一份协议。"

哥哥睁开眼,像是第一次认识弟弟。

算法

\#

哥哥足足花了十年时间实现韩小华当初的想法。

在这十年里，韩小华看着自己的孩子一个个长大成人，成家立业，也看着阿慧迅速地进入不惑之年。他们一起周游过世界，吃过最昂贵的白松露和最稀有的蓝鳍金枪鱼腩，他感谢妻子在关键时刻做出的决定拯救了全家，但同时，对于自己心底深处最隐秘的渴望被强行中断一事一直耿耿于怀。就像一个虚幻的伤口，不时隐隐作痛，提醒他还有未竟之事。

阿慧似乎也感觉到了什么，两人之间日渐疏远，有时竟然一个月也说不上一句话。

他投资哥哥开发的云链系统已经成为全球通用的几大区块链标准之一，甚至因为它对于主权国家的尊重和跨链交易的友好性，被视为最有可能一统天下的技术架构。毕竟它帮助全球市场逃过了一场金融风暴。

他们押对了历史，而回报已经变得没有那么重要了。

当一切都变得确定无疑时，韩小华发现现实对他的吸引力在迅速流失。

在可见的未来，中国将引领整个世界走向一个更加智能、公平、开放、倡导共识的文明阶段。但同时，人口老龄化和虚拟经济的系统性危机将不断干扰世界的运行轨道。各方力量交叠之后将层层传递到每一个个体身上，表现为精神领域的虚无与焦灼，信仰的失落与极端化。新的科技不断被创造出来，为了解决人类琐碎而无聊的问题，却引发了更多琐碎而无聊的问题。

在那座热带岛屿被定位为国际旅游岛的那一年，韩小华决定自己建立一个小小的王国。就像童年时在农舍后院围起来的一片天地，有鸡鸭鹅，有猫狗青蛙，有干枯的水井和被遗弃的破败神像，尽管混乱嘈杂，他却可以生杀予夺，行使唯一的国王威权。

开始时，那只是亚龙湾一块尚未被连锁酒店开发商占领的临海滩涂，经过建筑工人和工程师18个月的改造调试之后，成了韩小华口中的"亚龙巴比伦"。

这个特殊的乐园执行邀请制，受邀的贵宾需要预先交一大笔押金，押金会被转化为虚拟货币存入通证账户中，之后的一切活动只需要动动手指头便可完成支付或者下注。最妙的是，每个虚拟货币可以被分成无限多份，从理论上来说不存在计量单位的下限。

无处不在的纳米传感器和即时智能合约，让亚龙巴比伦园内的一切都可以成为下注的对象：海潮涨落的精确时间，寄居蟹与海鸟之间的捕杀游戏，椰树上每天掉落的果实数目，一对陌生男女之间谁先发出性爱邀约，台风登陆点，股票价格，孩童在沙滩上搭建城堡的高度，酒量，突发或计划中的死亡。

一切都是在云链上自动完成的，无需庄家，无法出千。

每个人都可以发起赌局，每个人也将成为他人赌局的一部分。

算法

这种近乎无限的链式赌博成为一种地下时尚，无数新富旧钱挤破头只为了过把瘾。韩小华很快意识到这片滩涂已经容不下他的王国了：一是地方不够大；二是亚龙巴比伦已经触及一些主权国家绝对不容挑战的底线。一位来自印尼的客人提出了让他无法拒绝的解决方案。

这位VVIP在印尼北苏门答腊省附近海域拥有一片无人岛群，足以承载人们最狂野的想象，他翻着肥厚的嘴唇这样告诉韩小华："毕竟我们国家有一万七千多个岛。"

印尼人提供场地与资金，韩小华提供技术，双方共享收益与风险。唯一的附加条件就是，当印尼人邀请韩小华加入某个赌局时，韩不能拒绝。

他们约定这样的机会有三次，当时的韩小华并不知道这意味着什么。

#

第一次受邀参加赌局时，韩小华正在文昌航天发射场看长征七号点火升空，尽管距离遥远，巨大的轰鸣仍然压迫着他的耳膜。他看着火箭在蓝天拖出白浪般的尾痕，约603秒后，载荷组合体与火箭成功分离，进入近地点200千米、远地点394千米的椭圆轨道。

他的卫星电话随之响起，来自一条加密信道。他知道，是时候启程了。这次，他会带上阿慧，缓和一下双方冷战已久的关系。

除了开业以外,韩小华这五年没有踏足过黎哈贾巴比伦,只是通过远程监控系统,时不时抽调一些有趣的赌局消遣时光,这比投身其中更能给他带来快感。有时候他会想,也许上帝就是这样一个不在场的荷官,假装公正,却操控一切。

印尼人苏先生对韩小华带着太太表示惊讶,他私下表示,到这里的人很少带上自己的家人,因为这里于他们而言就像是一处放飞自我的秘密宫殿。

"您一定很爱她。"他奉承道。

韩小华只是笑笑,并没有接话,远处的阿慧只把这当作又一个度假胜地,正在欣赏着旖旎的海岛风光。她已经跟不上外面世界的节奏了,这跟她去过多少国家,逛过多少博物馆,买过多少艺术品无关。她已经停止了成长,只能用旧眼光看待事物,这让两人之间的交流充满摩擦与障碍。

他不得不伤感地承认,阿慧已经老了。可是,难道自己不也是如此吗?

"所以您提议的赌局是——"

"所有其他股东都押你不会同意,因为你是个有原则的人。"苏先生抽了口雪茄,让仆人打开盒子给韩小华,韩小华摇摇头,他不喜欢那种味道。"五年了,我们的增长曲线在放缓,客户有了更多的选择,他们开始觉得不够刺激,人都是这样的,给一点儿甜头就想要更多。"

算 法

"你的意思是——"

"现在的算法,无论是智能盘口还是推荐规则,用的都还是你当初的那一套防沉迷的保护机制,可时代不一样了,你不做,别人也会做。总有更让人上瘾的东西。"

"你想改算法?"

苏先生笑了笑,跟韩小华碰了一下杯,这个年份的酒有种奇怪的味道,像是烧焦了一整片森林之后的余烬。

"不改算法,生意也可以做,只是看得到头儿了。韩先生,你的孩子多大了?"

"儿子34,女儿32。"

"你们中国人有句话,富不过三代,这是有理论依据的,所以富人们发明了各种手段把财富尽可能地延续下去。要我说,最根本的原因就是儿孙们丧失了赌性,那是一种终极的生命力。"

韩小华被震住了似的,这话勾起他记忆深处的某个涟漪。

"所以我站在他们的对面,押你会同意,现在轮到你了,韩先生。"

两人的对话突然被打断了,惊魂未定的阿慧被仆人搀扶着来到韩小华身边。她说刚才自己看见一个浑身赤裸的女子从树丛中逃出,摔倒在她面前,向她伸手求救,但随即被三名装束怪异的面具男子拖走了。那女子突然停止呼救,抬头对阿慧说:"我在你身上下注了。"

"她是什么意思?"阿慧手抖着。

"最大限度地满足客户需求,是企业的根本原则。"苏先生笑着把话题岔开,"如果你满足不了,客户会用脚投票。"

阿慧张了张嘴,像是在说什么,却没有声音发出来。

韩小华抚着阿慧的手,发皱的皮肤上已经开始浮现斑点,他知道自己的答案。

#

——"为什么不让我阻止他,他的意识熵正在急剧升高。"
——"因为这正是他想要的。"
——"可这太危险了,他简直像变了一个人!"
——"我说了,这就是他想要的。"
——"……好吧,也许你说得对。"
——"相信我,笑笑,没事的。"

#

在大湾区正式成立的那年,韩小华迎来了第二次邀约。东南亚此时处于两股超级力量的抗衡夹缝中,左右摇摆,这场龙象之争所带来的地缘政治不确定性及经济动荡,却更助长了黎哈贾巴比伦的人气。

富贾豪客们似乎看透了世事无常,慷慨地将财富抛掷到赌局中,这种历史悠久的游戏似乎比任何其他娱乐方式更能刺激人类的原始本能,再加上经认知科学优化过的算法,能最大化地激发杏仁核的

算法

恐惧及中脑边缘多巴胺系统的奖赏机制。

更不用说他们在玩家中混进了许多 AI，它们清楚每一个人的弱点和极限，会使用各种博弈策略来诱惑人类投下最非理性的赌注。越是输，人就越想赢，就像卡尼曼和杜维斯基在 40 年前的实验中所证实的那样，这也是人类心智算法的一种缺陷。

小岛又开始变得拥挤不堪了。

"所以你这次押的是什么？"韩小华已到耳顺之年，渐渐对这场游戏失去了兴趣。他已经无须再证明什么了，唯一的遗憾是与阿慧的关系似乎已经无可挽回，他越是想努力把那块拼图按进缺口，却越是感觉到某种无形的斥力，将那个曾经同卧星空下的心上人推得遥不可及。

他想，这也许就是岁月的力量。

"我们买下了那些新岛，"苏先生做过手术的脸亮得有点不自然，他指着不远处海面上漂浮的几座岛屿，它们如巨兽般沉睡着，"岛上的原住民对我们的赔偿方案不太满意，一直不肯迁走，拖延了工程进度。"

"我还以为你们对这种事情已经轻车熟路了。"

"当然，这样的事情每天都在发生，不是在这里，就是在那里。"苏先生眨眨眼，像是头经过精心驯化的海豹，"可我们还需要走一个形式，毕竟你是大股东。"

"你们打算怎么办？"

"赌场的事情，当然用赌来解决。"

韩小华沉默不语，他太了解眼前这个人了，笑容无法掩饰他血液里的残暴和冷酷。

这就是那个赌局。

在黎哈贾巴比伦破产的输家们被给予一次机会，他们将组队登上新岛，面对人数是他们三倍（当然也是由算法决定的）之多的原住民战士（身材矮小却骁勇善战），他们将在专门辟出的战场中展开最原始野蛮的赤手厮杀，以最后一个站立者的身份决定双方胜负。双方各派出一名代表下注。

更为有趣之处在于，无论是赌客代表还是原住民代表，都允许向任何一方下注，不存在所谓的背叛，最后由系统根据盘口计算出最后的赢家，如果赌客赢，则原住民迁离岛屿；反之，则改建计划无限期延后。

明眼人一眼就能看出其中的不平等，原住民没有上链，没有通证和虚拟货币，更不用说计算赢面所需要的基础数学技能。苏先生言之凿凿，许诺为原住民代表开通账户、提供无息借贷并进行一切所必需的体验辅导，直到他熟悉赌局规则，愿意下注为止。

原住民接受了赌局，并派出了他们认为运气最佳的代表——族长之子。

很显然，苏先生研究透了对手的认知模式，这件事在原住民文化里首先被解读为"荣辱"，其次才是"输赢"，甚至他们都忽略了

算法

还有一个选项叫作"拒绝"。

而黎哈贾巴比伦派出的代表是韩小华。

他站在战场上方的观战台上，想起了童年在后院斗鸡的场景，无论结局如何，最终都是一地鸡毛，正如眼前这场赌局。他已经知悉了苏先生的伎俩，无论哪一方获胜，他已经成功地让原住民接受了新科技的洗礼，甚至，让未来的族长尝到了赌博的快感，这种心瘾将会像瘟疫一样蔓延，改变部族的命运。

而那些战士，不过是无足轻重的筹码罢了。

那么我呢？韩小华突然迟疑了，为何苏先生要让自己扮演这样的关键角色。想借助我的失败削弱我在董事会的权力吗？他觉得自己的策略被看透，这让他的下注更加谨慎。留给他思考的时间已不多了。

韩小华耳畔响起阵阵鼓点，并不年轻的身体竟然也随着节奏共振，血脉贲张。他看着那些被算法逼到绝境的赌徒们，似乎尚未从过度文明的状态切换过来，脸上挂着一副担心昂贵套装被弄皱的表情。而对手尽管矮小如弗洛里斯人的后裔，却个个双目圆睁，额前绘满红色战符，挤出只有在极端愤怒下才可能出现的细纹。

在他下注前的一瞬，不知为何，眼前闪过十五年前南海边上阿慧的脸。

一声长啸打破了他的幻觉，战士如蛮兽出笼，朝敌人扑咬过去。

而死死盯住自己的，是族长之子血红的双眼。

\#

——"爸,为什么会这样?小华叔的心智算法明明已经变了,可人生还是收敛到同一个结局上……"

——"也许是因为他还固守着某些东西?某些我们无法辨识、计算的模式。"

——"那是什么?"

——"我不知道,笑笑,我已经远离那种生活太久了。"

\#

新变种流感病毒席卷整个东亚大陆的那一年,阿慧也不幸中招,还好韩小华购买了完备的智能医疗服务,针对她的基因图谱订制了靶向药物,阿慧很快就恢复了健康。

奇怪的是,在阿慧生病期间,两人的关系反倒好了起来。不是因为韩小华的悉心照料,而是因为从彼此身上看到了生命的脆弱,感受到了需要与被需要。

他们并排躺着,回忆着当年的种种,恍如隔世。

阿慧问韩小华:"老韩,难道这辈子你就没对别人动心过?"

韩小华犹豫了片刻,"没有那肯定是假的,只不过……"

"不过什么?"

"……我就是学不会怎么去爱上另一个人。"

阿慧沉默了许久,终于"扑哧"一声笑了出来,说:"老韩,你

算法

这酸词儿从哪儿偷学的?"

韩小华嘿嘿笑着,说:"那你呢?"

"我什么?"

"当年我那么穷,啥都没有,你怎么就跟了我?"

"当时傻呗,想着你能记得我喜欢吃椰子糖,还答应带我去看椰子树,就嫁了呗。"

"就这样?"

"就这样。"

"那你还真是……"韩小华话说一半又忍住。

"真是什么?你快说,不说我跟你急。"

"真是……"

电话铃声响起,打断了两人的温馨时刻。是来自苏先生的最后一次邀约,这次,他对阿慧也发出了邀请。于是,两人来到了韩小华上次赢回来的新岛上,像是要进行一场久违的蜜月旅行。

在新岛的探索过程中,韩小华惊奇地发现原先的原住民们并没有迁离,而是变成了赌场的侍应、劳工和奴隶,甚至在一些限制级的赌局中充当道具。这些矮小而好斗的岛主如今低眉顺眼,为了小费极尽谄媚讨好之能,互相排挤倾轧,为了争抢一个客人,几个矮人甚至能如同野狼般撕咬起来。

苏先生微笑着说,他们都是为了偿还赌债自愿留下来的。

赌场的技术又有了升级,如今只需通过语音口令便可执行所有复杂操作，而依附于智能合约之上的拘束力场可以防止出现暴力违约或自杀的现象。这使得整个岛屿更像是希罗尼穆斯·博斯画中的怪诞乐园，魔法与科技，欲望与信仰，如首尾相衔的乌洛波洛斯之蛇，无缝交融。

阿慧对于这些并不感兴趣，她在矮人向导的带领下看遍了岛上的自然风光，其他时间都是在酒店里看互动节目消磨时光。她丝毫没有注意到那些矮人看她时眼神中隐藏的信息。

一个礼拜过去了，苏先生对于第三个赌局一直只字不提。

直到有一天，韩小华发现阿慧不见了，遍寻未果，他拨通了苏先生的电话。

"下注的时候到了。"电话那头的声音依然带着笑意，像一只冰凉的手猛地攥住了韩小华的心脏。

一片迷宫般的墨绿密林出现在韩小华面前的显示墙上，雾气缭绕。苏先生站在他身后，保持着安全的距离，尽管在拘束力场作用下，几乎不可能有意外发生。

阿慧出现在一块更小的叠加屏幕上，镜头角度不断变换，她似乎在寻找着什么。分屏实时更新着阿慧在密林中的位置。

"阿慧……她在那里干吗？"

"矮人管家告诉她，你让她去森林碰头，有个惊喜给她。"

"你为什么要这么做？"韩小华愤怒地回头，苏先生却无辜地摇着头。

"不是我,你接着往下看。"

另一个人影出现在密林的另一端,从雾气中影影绰绰地出现,那是一个矮人无疑,缓缓地朝着阿慧的方向靠近。

"那是……"韩小华屏住呼吸,在看清那张脸的瞬间,他浑身僵住了——曾经的族长之子,他的输家,模样成熟了不少,但眼神却依然充满杀气。

"阿慧,你真是……好骗。"

韩小华终于在心里把那句话说了出来。

"上一次,你赢了他,但在他看来,却是一种羞辱式的赢法。因为你把注押在原住民那边,再利用算法里的先后手规则赢了赌局。他失去了家园,失去了部族的信任,失去了父亲。这次,他终于等到了机会。他要夺走你最珍爱的东西。"苏先生像是在平淡地解释着一场游戏的规则。

"你早就知道了,可还是让他这么做!"韩小华拔腿想往外冲,却发现自己动弹不得,是拘束力场的作用。

"很抱歉,我已经下注了,你必须完成这道程序,才能恢复行动,这是你的算法。"

"你想赌什么!我陪你!"

"Show hand."

韩小华愣住了,他知道这个词代表的意思。对于他来说,云链时代的 show hand 意味着关联在链上的所有资产,没有一分钱能够逃之夭夭。曾经被他视为信仰的最安全的资产保障方式，如今却像是个骗局。

苏先生为了做这个局，足足花了十年时间。

"不用看智能盘口你都能想象得出，阿慧逃掉的概率有多低。所以你可以选择，押阿慧活，输掉一切；或者押阿慧死，也许还有一线机会，毕竟上次你就是这么赢的，难道不是吗？"

屏幕墙上的两个人影越来越近了。

韩小华的身体剧烈抖动着，他从未觉得自己如此衰老而虚弱，仿佛随时都有可能散成一地沙砾，他必须集中精力，思考，思考，思考，做出那个艰难的决定，也许还有机会救下阿慧。

苏先生一定都计算好了，他看破了韩小华的心思——如果押阿慧活，那就只有一条路，全赢或全输，人财两空，也没有了继续活下去的理由，这就是苏先生处心积虑想要的结果。自己真的能够救下阿慧吗？

"可如果听了蛊惑，押阿慧死，就意味着即便韩小华救下阿慧，也将输掉一切。就算是两人都押中了阿慧死，打成平手，由算法来决定最终胜负，他还能相信算法吗？什么样的人会赌自己的爱人死呢？"他惊觉自己陷入了当年原住民的困境，心智纠缠在输赢之上，牢牢地打了个死结。

"时间不多了哦。"苏先生善意地提醒，似乎自己已经赢了。

阿慧和族长之子的分屏边缘开始接触，交叠，整片密林似乎变

算 法

得更加阴暗了。

韩小华低下头,轻声说出了他的抉择。

苏先生一愣,随即笑了。

"你一定很爱她。"

韩小华腿下一松,差点儿失去重心跌倒在地,但他没有倒下。他以不符合年纪的速度夺门而出,迅捷奔跑,任凭心脏疯狂撞击胸腔,喉咙如同火烧般灼热。他穿过市集、人群、商贩、沙丘,一张张不同的脸转向他,投来的却是相同的熟悉目光。他眼前不断地浮现出许多不成形的记忆碎片,那是阿慧在他生命中刻下的痕迹。

他终于看到那片密林了,比屏幕上的庞大茂盛。他按着比例尺粗略地换算了方位,在潮湿的雾气与尖利的植被间踉跄穿行,不时有热带鸟类从灌木丛中惊飞,羽翼掀开雾气的一角,复又拢合。韩小华双腿发软,浑身湿透,近乎崩溃,他大声呼喊着阿慧的名字,嘶哑的嗓音被藤蔓与苔类吸收,如光陷入黑洞。

就在他几近绝望时,忽听得鬼魅般的歌声。

……旧梦失去有新侣做伴……

韩小华循着歌声,拨开层层叠叠的阔叶林,脚下松软的腐殖土散发出令人迷乱的气息,似乎随时可能把人吞噬。他终于看到了在不远处的雾幕之上,映出一个跪坐着的轮廓,那轮廓分明是阿慧的。

他大喜，呼叫着狂奔上前，脚步带起的风驱散了雾气，那里并没有一个跪坐着的阿慧，只有一具几乎与褐色地衣融为一色的躯体，安着一张摇摇欲坠的、惨白的脸。

韩小华感到什么东西在迅速从自己的体内流失，肉体似乎跟不上感官的速度，被甩到了后面，他的恐慌加速了意识的离析，努力想伸出手去触碰那具身体，却发现手臂似乎在数光年之外。

他一头栽进了那具熟悉的身体里，像掉进一口没有尽头的深井，一切都被拉扯成光的线条，纠缠成无法描述的形状。

七

足足过了三天，韩小华才说出了第一句话。

"烟，"他说，"给我烟。"

笑笑给叔叔点上烟，他大口大口地吸着，手指发抖，吐出破损的烟圈，整个人看起来更苍老了。哥哥大华在一旁坐着，面无表情，似乎眼前的一切与他毫无关系。

吸够了烟的韩小华闭上眼，表情复杂，似乎在回味那个无比漫长的梦。末了，他的脸痛苦地抽动了几下，猛地睁开眼睛，像是要确认自己是不是真的回到了现实中。

"你为什么要这样对我？"

"小华叔……您冷静一下，那些都不是真的。"笑笑安抚着他剧

算 法

烈起伏的胸膛。

韩大华依然保持着沉默。

"你敢在你女儿面前发誓,那些都不是真的吗?"

"爸……"笑笑疑惑地扭头看向父亲。

许久,韩大华终于起身,背对二人,望向窗外。

"这取决于你如何定义真实。"

"无论在那个世界还是这个世界,至少在抽签这件事上,你肯定做了手脚,否则就无法解释你现在所做的一切。我所认识的韩大华,从来不会考虑别人的死活,哪怕是亲弟弟。"

笑笑吃惊地看着叔叔,这已经不是几天前那个闭塞木讷的老农。此刻的韩小华,说话的口气竟然有几分像父亲,冰冷缜密,斩钉截铁。

"小华,我……"韩大华一时语塞,两人好像调换了角色一般,有种不真实的荒诞感,"……我懂你的感受……"

"你懂个屁!"话音未落,韩小华竟然哽咽起来,笑笑忙不迭地哄着,像哄一个受了委屈的孩子。

哥哥长叹一声,又跌坐回去,用低沉柔软得不像自己的声音,讲述他在因陀罗里的经历。

尽管在商业领域已经站到了金字塔尖,韩大华内心始终有种不满足感,就像完整的拼图里缺了一块。他不明白这种感觉从何而来,直到投资了因陀罗系统。他以为自己找到了重新开启人生的不二法门,只不过这扇法门每次打开都通往完全不同的人生,而每一段人生都将改写他的算法。

他在最好的年华,数十年如一日地蛰伏于深山中的天体物理实验室,与星空、野兽和数字做伴,渴望有朝一日能利用遥远类星体探测宇宙膨胀的历史。习惯于追逐风口的韩大华第一次感受到了执着的力量。

他在成功的峰巅急流勇退,到人类最原始混乱的区域生活——每天长达十几小时的重复劳动,食物无法提供足够的热量,只能靠廉价的精神药物来勉强支撑,随时可能在极度恶劣的卫生环境和暴力冲突中丧生。韩大华理解并非所有个体都能够追求当下的低回报、高投入、长周期的狩猎酬赏。

他摆脱了地心引力的束缚,成为中国空间站的一名通信工程师。除了维护日常通信系统正常运转以外,他还要在一号实验舱"问天"中与来自其他国家的科研工作者们展开量子调控与光传输研究,这将引爆下一场通信革命。韩大华得以从一个更为超然的视角去看待自己所生存的脆弱的蓝色星球,以及人类如何作为一个文明整体,突破种种藩篱,携手打造共同的未来。

他开始改造自我,一开始时采用的是基因疗法,后来是纳米融合和脑皮层重建,再就是各种增强肢体的配件,他试图摆脱人类固有生物层面的束缚,去感受和认知一个全新的世界。韩大华更新了自己对生命的定义,他甚至产生了一种幻觉,自己已经超越了对死亡的恐惧,仿佛一探手就能触到永生。

算 法

可那个缺口还在,像是埋藏在躯壳底下的、深不可测的一方黑洞,无论他丢进去怎样极端的体验和非凡的成就,始终无法填满,没有一点回声。

于是,他想到了弟弟。

在他看来有着最庸常琐碎人生的弟弟,却从未流露出过不满足,这简直像是神迹。

听完哥哥的故事,韩小华陷入了沉思。现在他明白了,因陀罗系统并不像哥哥先前所说的那么简单,只是对记忆的回溯和重写;它更像是一台制造现实的机器,能够从任意一点分裂出无穷无尽的可能性。而在那一个世界里,你所体验到的就是真实存在的,无论是以比特、量子,还是神经脉冲的形式。

他没有想到的是,自己也会随之改变,而且是翻天覆地的改变。

"你从来没有看见过笑笑吗?或者阿妈,或者我?在那些人生里。"他问哥哥。

笑笑抬起了头,不解地望着叔叔,又看向父亲。

韩大华似乎努力在回忆,半晌,疑惑地摇摇头:"没有。"

"也没有任何一个你所在乎的人?"

"没有。一直都是我自己。"

"也许这就是原因。"

"什么?"

"你从来只相信自己,不希望其他人成为你的负担,拖慢你狂奔的脚步。你可以去到任何你想去的地方，实现任何你想实现的梦想，因为你没有羁绊。但是没有了羁绊，也就没有了爱。能够定义我们生命的，除了死的维度，还有爱的维度。能让我们真正超越对死亡恐惧的，就是真正的爱。"

弟弟的话让韩大华僵住了，他像一台机器突然被载入了崭新的模块，吃力而痛苦地摩擦着磁条，试图解读这指令中隐藏的信息。

"这就是为什么你每一次的结局都是……"笑笑若有所悟。

"是的，我也是才领悟到。在心智算法之上，也许还有另外一层，那就是爱的算法。看似虚无缥缈，却往往能够起到决定性的作用。"韩小华眼带同情地看着笑笑，她被培养成父亲眼中完美的模样，一个能够精确执行指令的无爱之人，"这难道不就是你们从一开始想要找的东西吗？"

笑笑低下了头，似乎被看穿了什么秘密。韩小华却释然地笑了。

"如果能帮到哥哥，就算被利用也无妨。看到生命的有限、荒凉与无奈，才能生出慈悲心，慈悲也就是爱。"他顿了一顿，"我还有最后一个请求……"

"你疯了吧，你的身体扛不住的！"哥哥终于反应过来。

"小华叔，爸说的是真的，你的身体已经到极限了，我不确定你还能撑多久。"

韩小华眼中闪烁着奇异的光，仿佛看到了每一个人的每一个未来。

"请给我一段最慢的人生，哪怕只有一瞬，也是永恒。"

算法

八

漂浮，旋转，拍打，升潜。

韩小华回到了五年前那个黎明。正是日出前的至暗时刻，他被身旁阿慧的呻吟声吵醒，她发烧已经三天了，却拖着不愿去医院，觉得像以前一样，自己吃点儿药扛一扛就能挨过去，韩小华也就听之任之了。

可这回不一样。

阿慧刻意压低的呻吟在黑暗中被拉扯得无限长她体内器官不安分的颤动与思绪断裂的涣散形成共振传递到韩小华的皮肤神经末梢上他试图起身说话却不能只能竭力地调节瞳孔让更多的光进入晶状体好让自己看清那张脸那张五十年前恍如月光下银镯的脸如今被折叠在时间的褶皱中难以辨清只有气味依旧是淡淡的茶花香噗的所有的记忆碎片争先恐后地从海马体中涌出搅动起韩小华的心绪他想哭想笑想逃想紧紧拥抱这具不再年轻不再饱满不再散发荷尔蒙的身体想再剥开一颗椰子糖放进她的唇间看着她用右边的假牙细细咀嚼再慢慢咽下后露出的满意笑容哎呀南海姑娘何必太过悲伤年纪轻轻只十六吧旧梦失去有新侣做伴许多个阿慧在韩小华面前时而交叠时而分离她们来自不同的人生不同的世界不同的宇宙有着不同的算法但他都是爱她的就算他从来没有真正了解过这个女人他仍然是爱她的

就像宇宙终将热寂人终将死去阿慧阿慧他试图叫醒这个即将死去的女人在黎明的第一束光到来之前可她只是喃喃说了一句你还没带我去看椰子树哪便又沉沉睡去韩小华的眼泪凝固在黑暗中他等着天亮他知道天就快亮了可是光在天亮之前便到来了那是多年以前在晒得发白的茶山上他穿蓝阿慧穿红在毒辣的日头下采茶茶花那个香啊让两人心醉神迷不知身在何处小华小华他突然听见有人在叫自己却不是身边的阿慧而是来自极远极远的地方他眯缝起双眼努力寻找却只看见巨大的秒针摇摇晃晃地坠向下一格——

嘀——嗒。

九

韩小华今年正好七十，去年做了整寿，跟阎王爷打了个招呼，今年他打算换种过法。

笑笑打来电话，说父亲要带自己回老家看看，吃顿饭，也给阿公阿嫲上上坟。去年，韩大华捐钱给村里，翻修了祠堂，给爹娘都留了好位置，他说，不管在哪个世界，人都得讲究个体面。

韩小华知道因陀罗系统推向市场并不顺利，高昂的成本注定了这是一项属于极少数人的技术，更关键的是在于监管部门的意见，据说已经层层上报到最高级别，而一年过去了始终没有定论。

小道消息说，上面担心有人运用这项技术重新推演重大历史事

算 法

件的决策,如此一来会导致某种历史虚无主义思潮的蔓延;还有人说,如果把这项技术与肉身克隆相结合,会带来转世与永生。

在韩小华看来,这些人跟过去的自己一样,混淆了自己的变化和世界的变化,还在用旧的标尺去衡量新的事物。过去的时光总是美好,而孩子们只会把好东西糟蹋得一干二净。可孩子们又何尝不是这么想的呢。

现在的他觉得,历史已经结束了,而生活还在继续。

韩小华蹲在村口的大榕树下,吧嗒吧嗒地抽着烟,等着哥哥到来,时间还早,他已经想好了该做点儿什么。他眯缝着眼,看着漫山遍野的茶树,在日头下泛着油亮的白光,像是从来如此。山那头,似乎有个人,隐隐约约,在白光中向自己招手。韩小华手搭凉棚,再仔细一瞧,那个人已经不见了,像是什么都没发生过。

他把没抽完的烟在老树上蹭了蹭,又夹回耳上,从身后掏出一顶乳白色的塑料帽,那是从他孙子手里半借半抢过来的。

韩小华把帽子往头上一套一拉,眼睛不见了,只露出滑稽的半张笑脸,像是在说,还有好多的人生在等着我呢。

天象祭司 / 宝 树

一场恢宏的城邦毁灭,一条曲折的求知之路……

星云志·NO.11

算 法

    2012年12月，在墨西哥坎佩切州的玛雅古城卡拉克穆尔，一处神庙遗址因"世界末日"引发的恐慌而被癫狂的人群破坏，导致一座简易的墓穴意外地重见天日。墓中埋葬着一具青年女性的骸骨及一些普通的陪葬品，考古学家本来并不奢望能有什么重大发现，但在骸骨旁出土了一个密封的木筒，其中藏有一叠鹿皮纸卷，是用古玛雅文字写成的手稿，共有十三卷之多。众所周知，自从1562年恶名昭著的西班牙主教德·方达将所收集的古玛雅文书都付之一炬后，只剩下四部玛雅文残卷，因此这一发现轰动了整个玛雅学界，人们迫切地想知道其中记载的内容。

    由于卷帙残缺，以及文法上的疑难，四年后"卡拉克穆尔手稿"才被初步破译。我们发现，这是一个生活在九世纪末十世纪初，亦即玛雅古典时代末期的学者的自述，其中包括大量足以重写玛雅学的重要史料，譬如卡拉克穆尔（玛雅人称为"迦安"）和蒂卡尔（玛雅人称为"穆都"）两大城邦的争霸战争，玛雅的天文历法研究，托尔特克人的入侵，以及最重要的——玛雅文明神秘消失之谜的谜底。在各家媒体争相报道后，部分内容被披露，引起了公众的强烈兴趣，但同时也造成了许多误解和异想天开的揣测。有鉴于此，一部准确的译文就非常必要了。

笔者所翻译和注释的版本发表于2016年的《美洲古文明研究学报》第三期，然而对未受过玛雅学专门训练的读者来说，这部学术性的译注或许显得过于艰涩。为了便于普通公众了解其中的内容，笔者在原有译文的基础上进行了改写，删去了大量宗教或礼仪性的修辞，将间接的引述改为对话，根据上下文增补了一些缺失的词句，以及将若干当时的古名改为今天常用的称谓。但是核心的内容并无杜撰。您下面将读到的，正是这位古玛雅学者跨越千年的倾诉。

——胡安·贾舍·维托尔

墨西哥国立自治大学考古系教授

残卷之一·会战

[上文已佚，下同]……决战到来了。当东方的第一缕晨光照亮穆都城门口的羽蛇金字塔时，我们已经站在金字塔下了，而且布好了阵形。

算法

我左手执木盾，右手握着长矛，腰间插着阿爸花了好几天才磨好的黑曜石刀，后背止不住地冒汗。四周都是和我类似装束的武士，一直延伸到左右视线的尽头，不知有几万人。阿爸就在我身边，二哥在我身后。作为穆都的自由民，他们已经参加过好几次战斗。而我们全家引以为傲的大哥已经是四百夫长，他指挥的精锐方阵就在我的正前方，定能抵挡敌人最猛烈的进攻。但我还是感到害怕，我只有十五岁，只马马虎虎地训练过几次，而且从未经历过战争。我怕在战场上被敌人砍下头颅，更怕被抓去开膛破肚，当成祭祀的牺牲。

海螺号角的"呜呜"声在我的头顶响起，鼓手用骨棒敲击着貘皮大鼓，发出"咚咚"的巨响，祭司们站在金字塔顶上，随着节奏高声歌唱，念诵上界和下界诸神的名号，吁求他们的助力。

"鹿尾，别怕，羽蛇神库库尔坎会保佑我们的，我们一定会把迦安人杀得片甲不留！"阿爸大概察觉到了我的不安，安慰我说，但他的声音也在发抖。我努力去想象穆都所传颂的羽蛇神之大能。三百多年前，它在天上向穆都人显现真身，庇佑我们的先祖击溃了宗主国特奥蒂华坎，成为一代霸主。此后，羽蛇神的每一次出现，都意味着穆都的胜利。穆都称雄玛雅诸邦百年，直到对手迦安的崛起……

祭司们正在向羽蛇神控诉迦安人的罪行，他们杀戮羽蛇神的子民，攻击我们的盟友，抢夺我们的货物，甚至霸占我们的水源。巫师的唱诵带来了上界的魔力，我有了点儿信心。想到自己在胜利之后，可以痛饮清澈的溪水，饱食裹着火鸡肉的玉米馅儿饼，我甚至有点儿渴望战斗。我想，也许我会亲自砍下迦安王的头颅，我威风凛凛的人像将被雕刻在羽蛇神庙前的石柱上，和历史上那些伟大的英雄并列，成为穆都的传奇。即便我牺牲了，也会被邀请到创世神伊察姆纳的神殿里，享受永久的福乐。

地平线上卷起不祥的灰霾，迦安联盟的军队出现了。我的阵地在高处，恰可以将整个战场尽收眼底。他们至少有好几万人，队列却异常整齐森严。随着他们的靠近，我从服装和头饰上认出了许多不同的族类：左边，头盔上插着鹦鹉羽毛的是来自南方高山地带的库坎恩人；戴着精美的碧玉项链的是历史悠久的卡拉克尔人。右边，身上文有怪异文字的是拥有北部盐沼的伊察人；而把脸涂黑，拿着鱼叉当武器的是贫苦的东海渔民。

穆都这边也有许多盟友，分散在长达数里的阵地上，有在盾牌上绘有华丽图案的科潘人，肩膀上缠着红布的人，高举黑曜石矛的博南帕克人，以及像猴子般矮小而灵敏的人。另外，还有许多城邦的标识，我看不太清楚。据大哥说，至少有四十个玛雅城邦卷入了这次大战，双方军队的总数超过十万。这不但是第十一纪元迄今为止最大的一场战争，也绝不逊色于第九和第十纪元那些传奇大战。穆都和迦安的数百年恩怨将在这里做一个了结。

当迦安联盟的军队行进到绿鹦鹉河另一边的河岸时，他们停止

星云志·NO.11
算 法

了前进。在河边有一座不高的土丘，许多巫师登上土丘，围成一个圆环，点燃了某种烟火，然后他们像一群蜜蜂一样跳起了复杂的舞蹈，口中还"嗡嗡"地高声唱诵，也在妄图求得诸神的助力。

"愚昧的迦安人！尔等岂配请求神明的帮助？"此时，从我上方传来雄浑有力的呼喊声，我抬起头，就看到穆都的天象大祭司，贤明的十八·天鳄（译注：古典玛雅人姓名的第一部分是日名，玛雅人认为日期以二十天为单位不断循环，每一天都有不同的神祇守护，称为"卓尔金日"，因此第一部分是相应守护神的称号，译文中简化为日期序数）站在金字塔顶的羽蛇巨像前。十八·天鳄是一个身材矮小的老人，但在我们心目中他却宛如智慧的北极星神。"天鳄"不是他的本名，而是流传的别号，意思是他能够主宰天空，如同强有力的鳄鱼主宰着湖泊。在玛雅列邦中，他的名声胜过最勇猛的武士，听到他灌注了神力的声音，我就像饱饮了山狮血一样充满力量。

"自从上个纪元以来，你们就为贪欲所驱使，侵略和平的城邦，推倒众神的祠庙，砍光树木，杀绝鸟兽，令伊察姆纳大神降下灾难，让天上滴雨不落，大地寸草不生！你们本当诚心忏悔，奉上自己族民的心肝来平息神灵的愤怒，可是你们却顽固不化，反向玛雅万邦之首、伟大的穆都开战！你们岂有资格再列于文明城邦？就连托尔特克蛮子也比你们讲公义！"

十八·天鳄的檄文是用穆都语宣读的，但两大城邦的语言相差不大，迦安人应当能理解。传话兵以大约五百步的间隔，从近到远呐喊着，将十八·天鳄那铿锵有力的责难远远传了出去，一道道声浪如怒潮拍击着两边的阵线。

"今天，穆都的守护者，无与伦比的羽蛇神启示我说，他要给你们以应得的惩罚。在太阳到达天顶时，它将展开自己的羽翼，遮住半个太阳的光芒！如果你们稍有知识的话，就应该知道在一百九十三年之前出现过同样的异象，那一次穆都战胜了不自量力的迦安人（译注：玛雅人的"年"有两种概念，一是周期为二百六十天的"卓尔金年"；二是周期为三百六十五天的"哈布年"，与公历年相同，为便于读者理解，译文中统一改为哈布年表示）。历史中发生的一切都是由星辰的位置所决定的，也会随着星辰的再次组合而重现。迦安的愚民啊，星辰的轮转赋予了我们力量，你们很快会被不可抵挡的穆都大军碾压，正如怯懦的鹿群被豹虎撕碎！"

迦安人的阵列骚动起来。十八·天鳄拿出了最有说服力的证据：如果同一天象在历史上曾经对穆都有利，那么当它再次出现时，自然也同样会保佑穆都。计算重要的天象再现的时间是天象祭司最重要的工作，而十八·天鳄的权威无可置疑。

我以为迦安人会派一些兵士大嚷大叫，扰乱十八·天鳄的话语，以求挽救行将溃散的军心。但他们并没有那么做，他们默默听完了十八·天鳄的檄文，随后围成一圈的巫师向两边散开，在他们中间，一个披着斗篷的人走了出来，我惊讶地发现，那是一个很年轻的女人，最多二十岁左右，但身材异常高挑，和十八·天鳄恰成鲜明的

星云志・NO.11
算 法

对比。她的装扮也非常奇特，脸上既没有鼻环和唇环，也没有涂红色的油彩，只是在宽大的额头上绘着象征金星的符文；胸口到大腿都裹着饰有蛇纹的白色棉布，但披着的不是贵族妇女的彩色棉袍，而是用黑色鸟羽缝制的斗篷。我好奇地盯着她，不知怎的，却和她的目光对上了，她仿佛也在回视我，她的目光冰冷锐利，全无感情。那一瞬间，她邪恶的目光仿佛已化为箭矢，刺穿了我的灵魂，我有些害怕地垂下眼睑，一颗心怦怦乱跳。

好在那女子的目光也移开了，她开始说话，因为太远，我当然什么也听不到，但很快，对方的传话兵就将她的回复送到了我们的耳边。

"十八·天鳄，你是最著名的天象大祭司，你的卓越名声从东海传到西海，所有的天象祭司都敬畏你，如同群星敬畏太阳。但是，请容许我的冒犯，你犯下了不可饶恕的错误。"

这一回，愤怒的喧哗发生在了我们一边，这个古怪的年轻女人在说什么？玛雅第一天象师十八·天鳄大人会犯错误？

"和我说话的是什么人？"十八·天鳄冷冷地问，"难道迦安人狂妄到如此地步，认为一个无知的女娃娃也可以指摘天象大祭司——上界诸神在人间的代言人？你们的大祭司，那个叫十六·龟壳的蠢蛋呢？"

"请您允许迦安的狂妄，"女子用没有多少礼貌的敬语说道，"和您说话的女娃娃名叫九·鹰瞳，是已故十六·龟壳大人的继承者，

天象祭司

迦安城邦的新任天象大祭司，我们的地位是对等的。"

"什么？你……你说你是……"十八·天鳄似乎惊呆了，然后哈哈大笑起来，穆都的武士们纷纷发出嘲笑声，其中也包括我。一个二十出头的女人当天象大祭司！迦安人是疯了吗？十八·天鳄笑着说："你——女娃娃——大祭司？哈哈哈！十六·龟壳是一个异想天开的笨蛋，想不到他还能挑出一个更离谱的继任者，火鸡一样无知的女孩……哈哈！"

"您对先师的评价我不敢赞同，不过我本人确实是一个无知的女孩，"九·鹰瞳镇静地回应，"我不懂得历史，也不懂兵法，唯一知道的就是天象的奥秘，所以我受诸神和迦安国王之命，站在这里。天鳄大人，你说的不错，一百九十三年前，半个太阳的光明被吞噬，穆都的天象大祭司让奇迹发生，令穆都征服了迦安达一代人之久。"

迦安的军队骚动起更厉害了，虽说天象祭司对垒时不允许说谎，但大多都是避重就轻，拣对自己有利的加以宣扬。九·鹰瞳直接承认了十八·天鳄的预言，难道是想承认自己这方即将失败？

"但是，"九·鹰瞳话锋一转，"不知为何您没有提到，在这中间的一百九十三年中，类似的天象还发生过三次，每一次，穆都的军队都精心选在这一时刻开战，但你们只打赢了一次战役。其余两次都失败了，第三次的时候，穆都国王也被俘虏了，几乎终结了你们的霸权。天象真的对你们有利吗？"

"无知的女人！"当九·鹰瞳的反击远远地传过来时，十八·天

算 法

鳄立刻冷笑着说，"对于天象学你只是一知半解，星辰的位置每时每刻都在变动，这当然会导致结果上的差异。那几次的相似只是表面现象，太阳在群星间的位置其实相去甚远，而这一次，太阳才回到了和一百九十三年前同样的位置。"

九·鹰瞳沉静地说道："的确，太阳此刻和一百九十三年前一样，在天鹿星座和双生子星座之间。但贤明的十八·天鳄啊，骄傲让你过分自信，才会让你误解了星象的指示。你如果真的能和羽蛇神沟通，就绝不会犯这样的错误。羽蛇神会告诉你：太阳神基尼什·阿哈瓦即将登上天顶，届时它的神圣光芒不会有一丝一毫的减损。"

十八·天鳄再次放声大笑，说羽蛇神会在两军的数万将士面前证明她是何等的白痴。我们也都助威地跟着大笑，这个狂妄的女巫，竟然想挑战玛雅最负盛名的天象大祭司？何等不自量力！但笑声并没有挫败九·鹰瞳，她站在两军阵前镇定如恒，反计我隐隐感到有些不安。

双方的军队都在紧锣密鼓地进行决战前的准备。在连续不断的鼓点声中，时间一点点过去。当影子变为最短，指向正北方时，关键时刻到来了。军官们命令我们准备好立刻进攻。我摸了摸腰间的黑曜石刀，抬头望向天空，虽然阳光夺目，无法直视，但显然半点被遮住的迹象也没有。

时间缓慢却不停地流过，太阳一点点登上天空的高处，然后又一点点越过了这个位置。

穆都联军逐渐沉寂下来,不安的情绪在四处弥漫。等到太阳完全越过天顶时,九·鹰瞳问道:"十八·天鳄大人,你还有什么话说吗?"

"再等一会儿,异象很快就会发生……"十八·天鳄面色苍白地辩驳道,连传令兵的声音也低落了许多。九·鹰瞳却说:"你说的不错,异象即将发生。"

我微感惊讶,九·鹰瞳又说:"但是异象却和你所说的完全不一样。十八·天鳄大人啊,太阳并非被羽蛇的翅膀遮住,而是美丽的月亮女神伊希齐,迦安的守护神和女性的保护者,她带着太阳神基尼什·阿哈瓦去她的宫廷做客了,所以让伴随月亮的黑夜诸神暂时统治天空。"

十八·天鳄脸色铁青,而九·鹰瞳说完最后一句话,便做了一个手势,迦安祭司们一起唱颂祭祀月亮女神的圣歌,还跳起了复杂的舞蹈,只有九·鹰瞳在土丘顶上像石柱一样站着不动。蓦然间,一阵狂风吹得她的羽毛大氅飘扬起来,宛如鼓起的两翼,她仿佛要变成一只大鹰,凌空飞去。不过她并没有飞起来,只是伸出手指,怪异地指向天空,然后,不可思议的事情发生了。

我向她指的方向看去,发现太阳完美的圆圈缺了一个口子,仿佛被啃掉了一小块一样,而那个口子还在不停地变大。很快,所有人都发现了这一点,太阳正在一点点被蚕食,光线也越来越暗,看上去这和十八·天鳄刚才的预言类似,但却不止于此。不久后,整

算 法

个太阳都被某种超乎想象的宇宙力量吞噬掉了,周围流转着一圈怪异而苍白的光晕,但中间却是一个深邃的黑洞。

骚乱开始在我们双方的军队中蔓延,但我们的军队远比他们更为恐惧。我们听到九·鹰瞳神谕般的宣告:"看哪,穆都人,黑夜诸神在白天显现了!"

果然,当阳光消失之后,夜里才能看到的群星浮现出来,我看到在刚刚消失的太阳边上,出现了莹白的水星和光芒四射的金星,还可以看到远处略显暗淡的红色火星和明亮夺目的木星。那些神圣的游走之星,在刚才还无比明亮的白昼中现身了。银色的宇宙树干也隐约可见。

但这些常见的天象比起另一种异象来,又什么都不是了。

在离太阳不远的天区,出现了一个奇特的天体,它很小,很苍白,大概只有一根手指那么长,但有头有尾,身体颀长,散发出温柔的光,宛如披着一身白色的羽毛。我从来没有看到过这样的存在。它无力地悬挂在群星之间,头部半淹没在太阳的光晕中,仿佛已经进入了太阳中心的黑洞。

"羽蛇神!羽蛇神!羽蛇神库库尔坎要被宇宙深渊吞掉了!"我听到周围的人纷纷惊呼起来,我这才恍然大悟,这就是羽蛇神,穆都的守护之神啊!可是他为什么看上去这么细小、这么虚弱,全不像传说中那般威风凛凛?难道真的快被宇宙深渊吞没了吗?

不知谁开的头,我们的兵士纷纷跪倒在地,拼命地用矛头和石刀划开自己的手腕和脖颈，想将自己温热的鲜血献祭给羽蛇神，让他摆脱黑暗的魔力。一些将领们想要阻止，但是无济于事。甚至他们自己中的许多人也在放血，想用鲜血和生命去保护羽蛇神。

穆都的守护神是羽蛇神库库尔坎，一般而言，他的出现都意味着穆都的胜利。如果羽蛇出现，穆都则必须举办盛大的献祭，杀死几百个人牲，让上界的力量与人间感通，但这次并没有举行相关的仪式，或许这就是羽蛇看上去无比孱弱，即将被黑暗深渊吞噬的原因？我们必须立刻献祭给他，哪怕是在战场上，哪怕牺牲自己的性命……

数不清的穆都武士陷入癫狂的自杀中。我也迷茫地跟着他们的动作，将石刀对准了自己的心口，但阿爸一把打掉了我的刀子："鹿尾，你干什么？"

"阿爸，羽蛇神快被吞噬了，我要献祭给他……"我还不太清醒。

"羽蛇神已经走了，你看天上！"

我呆了一下，往上看去，发现太阳已经重新露出金色的一边，羽蛇神已经变得难以看到。它还在吗？离去了还是被太阳吞噬了？我不知道。但此时，迦安联军纷纷蹚过只没到膝盖的小河，向我们冲来，一排排锋利的戈矛像上界之雨一样落下，迅速带走了穆都人的生命。在他们冲过我们的防线之前，我们的队伍早已土崩瓦解。

迦安人攻上来的时候，太阳已经重新出现，阳光再度铺洒大地，羽蛇神也无影无踪。此时我们早已阵型大乱，斗志全消，许多

算 法

盟友丢盔卸甲，撤离战场，迦安人的前锋队伍像一把把利刃插入我们的阵营，将我们隔离开，逐个歼灭。我看到我们勇猛的大王子被杀死，国王被屈辱地按倒在地，捆绑起来，而卓越的十八·天鳄则仓皇逃走了，消失在乱军中，但我的灵魂还沉浸在适才恐怖的天象中，浑然不知这意味着什么。

"快逃啊！鹿尾！"

我听到有人在叫我的名字，我如梦初醒地转过头，发现是阿爸，他就站在我的前面。我刚要说话，却看到了将我灵魂砸成碎片的一幕：一支迦安人的长矛从他的胸腹之间刺了出来，鲜血染红了矛身，阿爸低头去看，露出难以置信的神情，然后望向我，动了动嘴唇，想说什么，但却一声不吭地倒了下去……

我终于清醒过来，大叫起来，想要扑上去救他，但却被另外一个溃兵撞了一下，站立不稳，从山坡上滚了下去，无尽的鲜血、残缺的人体和挥舞的兵刃在我面前旋转，我听到漫山遍野的惨叫和呻吟声，然后，我的额头不知撞到了什么，我昏了过去。在昏迷之前，我仿佛又看到了迦安魔女那邪恶的双瞳。

残卷之二·俘虏

我们这群俘虏走进了球场，死亡近在眼前，我反而一点也不害怕了。我过了半年的俘虏生活，这可以说是最好的结局了。

在两边的看台上，迦安的王侯贵戚已经纷纷就座，我看到了迦安国王六·虎爪，一个四十多岁的中年胖子。我以前没见过他，但他穿着五色棉袍，端坐在中间铺着豹虎皮的宝座上，戴着红玉石的王冠，想不认出他来都难。他身边的那位可能是太子，一个同样身穿华服、佩着青玉刀的青年；而在另一边，则是一个身裹白布，肩披黑羽斗篷的女郎，我认出来了，她就是半年前施法击败我们，灭亡穆都的九·鹰瞳。

我和九·鹰瞳的目光再一次相对，她那深潭般的双眸再一次令我震颤。但这一次我没有低下头，我的生命就要结束，和她对视又如何？在半年前，是这个魔鬼般的女人让黑暗吞噬掉太阳，让强大的穆都城邦灰飞烟灭，也让我们在俘虏生涯中吃尽苦头，真不知道她究竟是什么变的。

九·鹰瞳看到我在狠狠地瞪着她，似乎也感到惊诧，然而很快她的目光中出现了一丝惊喜，嘴角略略扬起。难道她是在对我笑？她到底想要干什么呢？

但我没有时间多想，随着鼓点的响起，球戏开始了。我们四个被挑出的俘虏代表穆都，而对方四个人则代表迦安，按照惯例，失败者将会被献祭给太阳神。从表面上看，这是一场平等的比赛，但我们四个是随意选出的孱弱俘虏，而对方则是身强体壮，每天都在训练的顶尖球手。这只是一场象征性的战争，象征着穆都被彻底征服了。

算　法

但我们仍然不能放弃比赛，坐以待毙，不是因为我们还有求生的奢望，因为这不只是穆都和迦安之间的纷争。球戏意味着人类对太阳神的献祭。我想起以前父亲告诉过我的话：胶球代表神圣的太阳，我们不能用自己的双手或双脚去碰它，只能用头或肩膀去顶，我们不能让球落地，必须用身体接住它，反顶向对方，否则就意味着太阳坠入地下，永不升起。为了表达侍奉太阳神的虔诚，我们必须用尽一切力量。

对方将球顶了过来，攻势凌厉。我以前也玩过球戏，但只是儿童的简陋游戏，从未到过真正的球场，也没有学会接球的技巧。看着空中转动的胶球，我不知所措。但是我身边的十三·蓝蜥飞扑过来，顶住了它，很有技巧地将它向上抛起，然后用力顶了回去。球必须越过全场三分之二的距离，否则仍然算我们输，而当球到了另一边，接住它就是对方的责任了。

十三·蓝蜥曾是穆都的知名球手，也是我们的唯一指望。但他的实力如今只能发挥一小半，要取得胜利，只能指望对方犯错，但对方并没有犯低级错误，球很快飞了回来，飞向我这边，我竭力跑动着，想要接住它，但是却失败了，球重重地落在地上。

每一边的墙头都放着二十块绘有卓尔金日名号的木板，裁判官收起了我们这边的第一块木板"鳄鱼之日"，代表第一天已经陷入黑暗。如果再丢十九个球，所有的卓尔金日都将陷入黑暗，我们的死期也就到了。

球再一次向我飞来,显然对方发现我是一个突破口,我大步跑上前去,似乎可以接住,但我却瞥见九·鹰瞳正盯着我,想到那一天她让太阳消失的力量,我不禁打了个寒战,身子一偏,球再次落在泥地上,第二天"风之日"也被黑暗笼罩。

"你在干什么,鹿尾!"同伴们不满地冲我嚷。我知道,他们明知自己必败无疑,没存着求生的奢望,但是否用心打完这次球,是否能取悦太阳神,却将决定我们的灵魂在另一个世界的宿命。

第三个球仍然飞向我,我这次接住了,将球反顶回去,但是距离太短了,我们再一次失分。"黑夜之日"的太阳没有再升起来,我们的心也一点点陷入黑暗。

球接二连三地飞过来,至少一小半都是飞向我的,我笨拙的表演显然成了迦安人取乐的对象。十三·蓝蜥成功地让对方丢失了一分,对方一次发球失误又丢了一分,但我们的进展仅此而已。不到四分之一时辰,我们已经失去了二十天中的十八天。

胶球再次飞到我面前,我高高跳起,想将它顶起来,但是一抬头,又看到了九·鹰瞳,她以那种高深莫测的目光看着我,让我浑身的力量不翼而飞,球无力地坠地。第十九天"雨之日"也失去了太阳。

六·虎爪打了个哈欠,这场比赛对他来说显然太无聊了。

大概是为了取悦国王,后面的两个球飞向我的另外两个同伴,出人意料的是,他们爆发出了惊人的力量,不但都接住了,而且成

算 法

功地让对方失了分。一下子失去了两天，迦安队一时慌乱起来，另一个发球失误让他们又丢了一天。这样他们总共失去了五天。虽然比分还遥遥领先，但是已大伤颜面。迦安球手们怒吼起来，以一个刁钻的角度，再次把球抛向我，但却比我的头还要高出几分，他们打算靠这手结束比赛。

这回我不顾一切地跃起，迎了上去，身体在空中转了半圈，球撞到了我的胸口，然后不知反弹到哪里去了，但显然没有落到对面的场地上。结果是一样的，因为球出场了仍然算我们输。

我狠狠地摔倒在地上，浑身都是泥，等待着死亡的判决，耳边却是一片死寂。似乎所有人都在盯着我，片刻后观众的欢呼声响了起来。他们是在欢呼迦安人的胜利吗？这本来是必然的结果，为什么他们那么激动？

我迷惘地抬起头，看到队友们向我跑来，抓住我的手脚，高高抛起，我以为他们要来痛殴我一顿解气，不料他们却接住了我，口中呼喊着胜利的口号。

"七·鹿角，你的球穿过了羽蛇之口！我们赢了，我们赢了！"

羽蛇之口？我看到球场边的墙上有一个凸出的羽蛇头像，口中衔着一个石环，球正好落在它底下，原来，刚才我无意中将胶球斜斜顶飞，不知怎么回事，正好从这个闲置已久的石环里穿了过去。

我依稀知道，这是球戏的最高胜利。它意味着太阳得到了新生。根据规则，球只要穿过一次石环，就等于发球一方获得了胜利。但在平时，因为只能用身体去碰球，根本没法掌握精确的方向，而稍有差池，就是自己失分，所以几乎没有人会采用这样的冒险战术，而我却误打误撞地获得了成功。在第十纪元，据说有一些球戏高手懂得这种打法，但近百年来，从未听说过有人做到。

但我做到了，我像神话中的孪生英雄一样，拯救了整个世界！在这一刻，我们不分穆都人和迦安人，不分征服者和被征服者，同样作为玛雅人，作为太阳神的子民而欢呼着，呐喊着，激动不已。

终于，六·虎爪站起身来，欢呼声低了下去，迦安的观众等待着国王发话。

"穆都人，你们将球送过了羽蛇之口，取得了历史上罕见的球戏胜利！"虎爪王沉着地宣告，"这是太阳神的恩典！也是我们迦安的荣耀。我会让史官把你们的事迹写成动人的祭文，雕刻在太阳神庙前最高的石柱上作为纪念！"

这的确是最高的荣誉！我和伙伴们激动地对视了一眼，下面就要宣布我们的赦免和自由了吧？我激动地想，虽然已经做好了献祭给太阳神的准备，但既然得到活命的希望，我们又怎能不为之所动？

"按往常的规则，"虎爪王顿了一顿才说，"比赛的失败者将被献祭给太阳神，这次也不会例外。不过，今天的比赛和以往不同，你们令太阳神战胜了羽蛇的威胁，他显然特别钟爱你们，你们的灵魂必将获得诸神的庇佑，沿着宇宙之树攀爬到宇宙上界。所以穆都人

算法

啊，我要以最隆重的仪式在太阳神庙举行大献祭，你们和你们的同胞将和太阳神同住，他必将欢喜这份珍贵的礼物！"

就这样，我并没有改变我们的命运，但是大家也没有多失望。毕竟同样是被献祭，我们已经争取到了最高级别的光荣，在这冷酷无情的世界上，还能再期望什么呢？

不过，我的待遇多少有所改善，因为在球场上的卓异表现，我从不见天日的地洞被送到了一间较为宽敞的、还有窗孔的监牢，每天有半个时辰能晒到阳光。食物也从狗都不吃的霉烂薯干变成了新鲜的番薯和玉米。还有祭司来问我有什么需求，我大胆地请求将与我同样被俘，却关押在不同地方的二哥十九·鹿蹄送来同住，竟也获得了允准。在生命中最后的日子，我们兄弟俩还能相聚，这已是莫大的安慰。

最后的时光飞一般地过去，祭祀的前一天晚上，我根本无法入眠，我望着窗孔外的星星，问二哥："我们被祭祀后，真的会到上界和太阳神同住吗？"

二哥曾在伊察姆纳神庙学习过，对于神祇的事情比我清楚得多。他抚着我的头发说："我们的鲜血将成为太阳的食物，我们的灵魂也必将为他所喜悦，这是我们至高无上的荣耀。"

"但我们不是羽蛇神的子民吗？为什么又要献祭给太阳呢？"我说出了一个一直以来的困惑，"为什么太阳要从羽蛇之口逃生？难道它们是敌人吗？那我们献祭给太阳神，岂不是……"

"不是敌人,不过……从头说起吧……"

在这晚剩下的时光里,二哥告诉了我一个奇妙的神话。

上古时期,众神在特奥蒂华坎创造世界,至高神伊察姆纳掌管天地万物,他的众子女中,基尼什·阿哈瓦和伊希齐主管日夜,云神和雨神负责天地之间的交流,玉米神创造了动植物以及人类……而羽蛇神库库尔坎是伊察姆纳大神的幼子,也想成为拥有光明国量的太阳神。但基尼什·阿哈瓦却设了一个计谋,要和他比试谁能先跑到宇宙尽头,谁就是太阳神。库库尔坎自认为速度胜过基尼什·阿哈瓦,于是一口答应。但他跑到宇宙尽头又跑回来之后,基尼什·阿哈瓦已经趁他不在时当上了太阳神,连月亮神的位置也被伊希齐所占据,天地之间再没有职位给他了。

愤怒的羽蛇神遂与太阳神相争,扰得天地大乱,上下不宁。最后闹到了伊察姆纳大神那里,他告诉库库尔坎:"我的孩子,不要为不能成为太阳而不满,太阳的职责是维系这个世界,但我要将另一个同样重要的职责赋予你,那就是破坏和毁灭。你和太阳神之间将要相互平衡,而最后还是你掌管世界。"

于是,羽蛇神以不同的形态出现在这个世界上,带给人类和万物以毁灭。譬如雨季的飓风,据说便是由他掌管;而蛇虫和鳄鱼据说也是它的化身,更不用说战争与瘟疫。但最可怕的是当它以本体出现在天空时,那一定意味着它和太阳神之间纷争又起,会发生巨大的灾难。也恰因为如此,人们对羽蛇神的崇拜比起其他神明来又

算 法

更甚几分。而我们穆都人,就是羽蛇神所挑选的子民。

这个神话在玛雅各邦中家喻户晓,只有穆都人很少能听到,因为穆都人将羽蛇视为守护神,自然要掩饰它不怎么光彩的一面,不想让子民认为羽蛇神和其他的神祇关系不睦。听了二哥的讲述,我才明白,球场为什么要设立"羽蛇之口",太阳神穿过羽蛇之口,就象征着太阳从羽蛇的威胁中新生。

然而,二哥告诉我,从根本意义上来说,太阳神和羽蛇神之间是相互制衡的关系,这个世界缺谁都不可。我们献祭给太阳神,同样是为了维持世界的秩序。

第二天,我们在太阳金字塔顶上被献祭。

我们被剥得精光,像一群被拔光毛的火鸡,身上还涂上了宝蓝色的颜料。一个肥胖的中年男子第一个被带到台阶之前,被按跪在地。祭司念诵完祷词,刽子手的石斧砍了下去,他的头颅便离开了脖颈,沿着太阳金字塔的数百级台阶滚落。他的颈喷出长长的血柱,带着愤怒和不甘,却无奈地洒落在陡峭的阶梯上,将那里染成了触目惊心的鲜红。他的身体抽搐着倒下,手脚还在乱动,刽子手在他的屁股上踢了一脚,无头的身体也滚了下去。这就是血统高贵的十七·蜥蜴火,末代穆都王的下场。

这次祭祀活动要处死二百六十名穆都联盟的俘虏,这是一个神圣的数字。其中许多人是以前高高在上的王公贵族,也有不少和我一样的自由民。在蜥蜴火王之后,刽子手又依次处死了几个显赫的

天象祭司

王室成员，其他人则不分贵贱地被斩杀，头颅一个个像滚珠一样滚下高高的金字塔，在塔底下堆积起来。这场屠杀临近结束时，神庙的台阶已经被浓稠的鲜血染得一片通红。如溪水的血液在底下汇集成血泊，淹没了石柱群的底部，四散的血腥味怕连邻近的城邦都能闻到。

我和二哥被排在祭祀的末尾。相聚了短短几天，今天，我们将一起死去。二哥看到我恐惧的面孔，反而露出一丝笑容："鹿尾，不必害怕，你应该知道我们从被俘虏的第一天就面临这样的命运，与其被敌人奴役，成为卑贱的奴隶，不如将生命献给天上的众神，这是我们求之不得的幸运。"

我迷惘地看着他："但是众神会因从鲜血中得到滋养而更加保佑迦安人，我们的生命只会成为迦安人统治世界的基石。"

二哥露出一丝微笑："不要以凡人的眼光去看待这件事。这是世界秩序的一部分，没有城邦能够永远兴盛，就像没有凡人能够永生。在我们的宇宙周期中，从特奥蒂华坎的创世开始，十一个纪元过去了，无数的强大邦国已经灭亡，穆都和迦安只是其中的两个，而这个世界最终会毁灭。但众神与宇宙树会万古长青，太阳和羽蛇、风雨和大地都将从我们的牺牲中得到滋养，这是一切战争与献祭的最终意义。我们终将回到玛雅的雨林，在那里重生——"

我睿智的兄长还没有说完，就被拖到祭祀台前，在我面前被砍下了头颅，和遗体一起抛下了金字塔。他的热血汇入浩浩荡荡的血

算法

流,成为滋养太阳与众星的食物。此后,每一缕的阳光中,都有他温暖的目光和话语。

很快,属于我的时刻也到了。我被武士带到台阶前,跪倒在地,沉重的石斧就扛在我身边的地上,二哥的鲜血还在从上面缓缓流下。此刻,我心中出奇的平静,甚至有些解脱的愉悦。虎爪王不是说要把我送到太阳神身边吗?我的灵魂中哪怕有一丝气息能够到达上界,也一定会向众神控诉迦安人的罪恶,尤其是那个魔女,她以黑暗的魔力遮住了神圣的太阳,险些毁灭世界。众神一定会惩罚她僭使了神明之力!

我从地面的影子中看到石斧被高高举起,我已经准备接受命运的安排。然而此时我看到,一个披着黑色斗篷的人影出现在台阶下面,那个人我只见过两次,却再熟悉不过,这个怪异的人影常常出现在我的噩梦中:迦安的天象大祭司——九·鹰瞳。

"住手!"

九·鹰瞳沿着浸血的台阶向上走来,她赤裸的双足被染红,额头上用金粉涂成的金星符文在阳光下发光。我望向她,和她再一次目光相对,比在球场上更凶恶地瞪着她。但九·鹰瞳并没有被我恶狠狠的目光吓回去,她一步步登上了金字塔顶,迦安人一向视她如神明,刽子手们都放下了石斧,跪伏在地。九·鹰瞳对他们说:"这个俘虏留下,众神已经将他的生命交在我的手上了。"

听了这话,我不但没有感到欢喜,反而有一种更深的恐惧,我嚷了起来:"魔女,你想干什么?我宁愿去服侍众神,也不愿落到你的手上,成为奉献给黑夜恶灵的牺牲!"

刽子手把我按倒在地,拳打脚踢一通,咆哮了几句,大概是说我顶撞神圣的天象大祭司,罪无可赦,然而死亡早已不是我所惧怕的了。九·鹰瞳冷冷地说:"穆都人,我保证你仍然可以服侍众神,不过是以更有用的方式。"

九·鹰瞳的背后跟着几名武士,他们将我架了起来,跟着她一起走下了太阳金字塔。我反抗几下就没有了力气,只有任其宰割。他们拖着我一路穿过迦安城,中央大道两边是各类神祇的金字塔和神庙。迦安的金字塔塔基狭小,不如穆都的方正宏伟,但不得不承认它们的高度要胜过穆都一筹,远远看去宛如一片石林。神庙区之后依次是国王的百柱宫殿、贵族的高墙宅院,喧哗的市集和低矮的平民草屋,然后出现了大片玉米田,我以为已经出了城,但在道路尽头,又出现一座金字塔屹立如天柱,比之前所有的金字塔,包括太阳金字塔,都要高大陡峭。

我被他们一路拖到这座金字塔上,回头看时,遥遥看到祭司们正在用水清洗太阳金字塔台阶上的尸体和血污。

我被关进了一间漆黑的石室,不久后有人扔进来一袋香气扑鼻的玉米团子。我听说过有一种宴席,人吃饱了之后,心肝就被挖出,再将包裹着食物的胃摘出来煲汤,就一点儿也吃不下了。但一直没有人来处死我,又过了不知多久,有武士打开了门,将我带了

星云志·NO.11

算 法

出去。我们沿着一道石头台阶螺旋向上，最后到了神庙屋顶。这时已是深夜，迦安城中只有神庙和王宫门口还亮着灯火，头顶上群星灿烂，银色的宇宙树干横贯天穹，东方一轮半圆的月亮刚刚升起。

神庙的屋顶是一个巨大的四方形平台，四边都有百步之宽，中心立着一根非常高的铭文石柱，平台四边都有人守着，他们穿着白色的祭司服，背对着我，肃穆地挺立着，没有一个人看我。但是站在中央的是九·鹰瞳，她转向我，我心中一阵发毛，不知道她又要行使怎样的邪术。

"你的名字是七·鹿尾？"她问。我没有回答，反问："你把我带到这里来干什么？"

"你知道这是什么地方吗？"魔女也反问。

我想也没想："按门口的铭文，是月亮神庙。"

"你识字？"九·鹰瞳有点儿吃惊。

"我阿爸是为王家刻字的石匠，教过我一些。"提到阿爸，我心中一酸，就想扑上去掐死九·鹰瞳，但身后有迦安武士虎视眈眈，我那样做只能是找死。

"很好。但你不知道月亮神庙也是迦安的天象台，甚至造得比太阳金字塔还要高，除了众神之城特奥蒂华坎，全世界再也没有这么高的金字塔了。"她带着几分骄傲说道。

我惊讶地环顾了四周一圈，在玛雅，天象台是每一个城邦中最神圣的核心圣所之一，是和上界诸神感通的地方。一般的平民绝不允许进入,人们甚至很少公开谈论,九·鹰瞳怎么会把一个敌国的俘虏带到这里来?

"你不明白我为什么带你来吗?"九·鹰瞳看出我的疑惑,"上次在战场上,你看到了我,对不对?"

我惘然点头,但不知道这两者有什么关系。

"当时我们相距至少有三千步远,一般人绝对无法看清人脸,他们的目光只会涣散地从我脸上扫过。但你不同,你能够看到我,盯住我,就像我能够看到你一样。"

我还是不懂她的意思,九·鹰瞳接着说:"我相信你有一双诸神所赐的锐利之眼,在战场上我就想找到你,可是一直没找到,我以为你已经死了,但那天在球场上竟又看到了你,所以才千方百计求得国王的同意,留下你的性命……但你不用太过欢喜,首先我要证实一下我的判断。"

她指向夜空中三颗连成一线的亮星,问我:"那是什么?"

我很快就辨认出来了:"那是创世的三块石头,玉米神的诞生地。"

"在三石的下面呢?就在它们底下一点点的位置上。"

我眯起眼睛,这是一个我曾经大惑不解的地方,其他人说那里有一颗不太亮的星,但我却明明看到,那是某种云雾状的、弥散着的东西。

"是一小团发光的……云。"我说,"对吗?"

星云志·NO.11
算 法

九·鹰瞳似乎微微点了点头,但她没有回答,而是指着天空中的某个地方,问我在四颗较亮的星连成的一片很小的区域里能看到几颗小星。

"八颗。"我看了一会儿说。

"你确定吗?"

"确定。"

这一回,九·鹰瞳满意地点点头:"很好,一般人只能看到六颗,少数人能看到七颗,能看到八颗的人寥寥无几。"

我略有些得意,的确,我的目力之强常常令家人感到惊讶。小时候,阿妈让我出去找大哥,我没有出门,只是爬到屋顶张望,便能看到他在远处一块玉米田里偷摘人家的玉米,身边还有几个邻居玩伴。我跟阿妈说了,可她不相信。后来等大哥回来一问,大哥以为有人告密,只有苦着脸招供,证明我说得一点也没错。

但九·鹰瞳的下一句话又粉碎了我的骄傲。

"其实有九颗——至少九颗。但能看到八颗已经很难了……下一个问题,你既然识字,认得出这几个字符吗?"

她把我带到天象台中央的石柱边上,让我看上面铭刻的文字。那是一种古雅的花体字,与一般字的写法不太一样。我花了好一会儿才认出来:"伊察姆纳神……所赐福的……天象台,十二·豹虎·飞鸟大王建于……9——7——16——3——0。"

"你知道 9——7——16——3——0 的意思吗?"她问。

"这还用说？"我厌恶这种考问的口吻，顶了回去，"第十纪元，第八世代，第十七长历年，第四双旬，第一日。"

"这只能证明你知道这些词汇，但你明白其中的意思吗？"

"你以为我们穆都人是托尔特克的蛮子吗？"我恼怒地反击，"穆都的小孩都知道，这是诸神所颁布的长历，最后一个数字表示天，每二十天为一双旬，每十八个双旬，也就是说三百六十天是一个长历年，每二十长历年为一个世代，每二十世代是一个纪元。这里记载的是第十纪元的事，而现在是世界诞生以来的第十一纪元（译注：玛雅人的长历以0—0—0—0—0开始，相当于格里高利历前3114年8月11日，因此用序数词时表示要加上一，正如我们把20××年说成是二十一世纪）。"

"看来你还真了解长历知识，"九·鹰瞳赞许道，"那么这个日期如果换成一般的纪年方式，大约是在多少年前？"

这个问题就有点儿难度了，我得将生活中用的短历换成长历，算出相隔多少天，再换算成年份，而年份又有哈布年和卓尔金年两种计算法，一时很难算得精确。我想了一会儿："大约三百个哈布年，四百二十个卓尔金年……吧？"

"其实是三百零二个哈布年，四百二十三个卓尔金年，"九·鹰瞳纠正道，"不过能算成这样也不错了。最后一个问题，除长历年外，玛雅人有以二百六十天为一个周期的卓尔金年，和三百六十五天为一个周期的哈布年，这两种纪年方式都是神圣不可或缺的，但

算 法

如果只能使用一个,应该使用哪一种?"

这回我不太确定,想了半天才犹犹豫豫地说:"哈布年吧?"

"为什么?"

"雨季交替,还有玉米成熟的周期都是一个哈布年,我想也许它更有用一点。"

"不错,但这是因为太阳在星空间运行的周期是一个哈布年。"九·鹰瞳说,"看来你已经具备学习天象学的基础了,用不着再从认字教起……对了,你几岁了?"

"十五岁,"我说,"按哈布年。"

"还是个孩子。"九·鹰瞳说,虽然她好像也大不了我几岁,"以后你就在这里担任天象助祭,和他们一样。"九·鹰瞳指了指周围的那些白衣人,"虽然他们的目力不如你,但都有丰富的知识,这些你还需要学习。"

九·鹰瞳就这样安排了我的命运,根本没有问我是否同意。当然,在她看来我能死里逃生,没有不同意的道理。但我心中却一片茫然,难道我真的要留在这里,为毁灭穆都的迦安人服务?

或者,干脆扑过去抱住她,从这高塔之巅跳下去,结果她的性命……

不,这机会太渺茫了,另一个念头在我心底闪现:我可以留在这里,这是绝佳的复仇机会。为了阿爸,为了哥哥们,为了所有的穆都人。

天象祭司

我主动跪了下来,去亲吻九·鹰瞳的脚趾。她惊诧地退了一步。"大人,感谢您赐给我这只虫豸重生的机会。"我用自己所能想到的最卑微顺从的口吻说道,"愿众神赐福给您……"

残卷之三·观天

天象助祭共一百零八人,分为十六组。其中两组各十二人分别观察日月运行,四组负责白天风雨和云气的观测,八组观察夜空中东西南北等八个方向,一组仰观天顶,最后一组专门观测游星的移动。每组又分为二批换班,我们要望着自己被分配的方向,报告一切异常的变化。为了防止错过天象和把幻觉当真,需要三人一起,相互监督和印证;如有分歧,则以多者的说法为准。

三年中,我首先记住了天空中的二百六十个星座方位以及其中超过五千颗定星的名字,它们都是神,掌管着无尽时空中的一切。但这些神永远不会动,因此以它们为基准,就可以很清楚地说明五大游星的移动和流星划过等现象发生在哪一片星区。对于天空中任何微小的变化,我们都要向记录祭司报告。他们会根据中央石柱确定具体时辰,再郑重其事地写在树皮纸上。

确定时辰的方法既简便又复杂,主要依赖于天象台中间那根铭文石柱,日晷柱。白天,我们根据哈布历的日期观看柱影的方位,夜里,则躺在若干特定位置观察石柱顶端在定星间的位置,受

算 法

过训练的祭司就依据这些报出准确的时刻。我没有完全弄懂这些判断时间的方法，但我学到了一点：这些光与影的变化是绝对准确的，日月与众星的移动速度像磐石一般稳定。它们绝不会因为在下界得不到献祭的鲜血就踯躅慢行，也不会因为吸饱了鲜血而大步疾走。

我在十六个组里都待过，我的眼睛果然如九·鹰瞳所期待的那样好，但无论是在哪一组，我都是不受欢迎的人。这倒和我的穆都出身无关，只因为我所报告的远比他人多，我能比别人多看到近千颗定星，我能看到非常细小的流星，也能看到几颗缓慢移动的黯淡游星，它们并不在五大游星之列。最初，我每晚都报告几十次，但我的伙伴却什么也看不到，记录祭司也犹疑不决，不知是否存在这些天象。后来，九·鹰瞳专门找我谈话，让我以后不要动辄报告那么多天象。她说我看到的她也能看到，但有些东西——比如某颗黯淡的小游星——就很危险，如果话说的不妥当，就可能动摇整个天象学体系，甚至被当成渎神的妄人处死；如果真有什么值得报告的，她让我直接去找她。

这是一个接近九·鹰瞳的好机会，我便经常去找她讨教。九·鹰瞳表面冷若冰霜，但我发现她和我探讨那些只有我们两个能看到的秘密时会多一分兴奋，我们一起发现并印证了木星和金星是极小的圆形，而非定星那样的光点；木星周围还有至少两颗很小的伴星，我们相信那是它的仆从或者妻妾，也许其他星星也有，但我们无法看到；我们还在月亮上看到了一些细小的圆环，仿佛是伊希齐女神脸上的瑕疵——这想法太过亵渎神灵，但九·鹰瞳说，上界之事本非人类所能理解，观察和探索天象的真实性就是天象祭司最大的虔诚。

我趁机向九·鹰瞳请教各种问题，她教给我许多日月星辰的学问，但我仍不敢问得太多，我怕她发现我内心的秘密，让我的复仇计划化为泡影。这期间我有好几次机会可以动手杀她，但这样就无法知道天象的奥秘了，只有暂且忍耐，我想。

我最感兴趣的是日食的奥秘，也许这种强大的力量我也可以掌握，但我不敢直接询问九·鹰瞳。我以为自己得通过终身的学习才能参透这个奥秘，但到了第三年我就得以窥其堂奥。我被分配到观察月亮的小组，每一天都盯着月亮在天空中的位置和变化。我发现它是逆着天空转动的，有规则地从西向东运行，每天都要在星空间后退一段距离，大约二十八天走完一整圈，正好和月相的变化相吻合。我揣摩着，它在星空间的运动路径和太阳的道路是交错的，因此月亮会经常路过太阳曾经路过的地方，甚至可能很接近太阳，不过离得近时就会被阳光掩盖，很难看到。但是再靠近一步又如何呢？它们会撞到一起吗？

我被自己的念头吓了一跳。如果真有这样的事发生，日月不是早已破碎掉了，就是飞到天空的某个角落去了，可它们都好好的，历史上也从未有过这样的记载。那么是不是伊希齐会给基尼什·阿

算 法

哈瓦让道呢？毕竟月神的地位低于日神，但这种事似乎也没人见过。我旁敲侧击地问九·鹰瞳。她听到之后，眉头深深地皱了起来："也许让你担任天象助祭是一个错误。"

我发觉自己犯了一个重大的忌讳，深感后悔："大人，请原谅，我不该问这样的禁忌——"

"你是不该问，"九·鹰瞳打断了我，"而应该用自己的灵魂之眼去观察。你的肉眼如果能分一点敏锐给你的灵魂，答案显而易见：当伊希齐经过群星时，它们也会给月神让路吗？"

她说完这句话就把我赶出去了。我回去后苦思冥想起来，当然，星星用不着给月亮让路，谁都知道，月亮会挡住运动中的星星，这么说来，日、月不也是同样的道理吗？它们在不同的高度上运动，不会发生撞击，只会相互遮挡。那么是谁挡住谁呢？是太阳挡住月亮吗？但是它运行的周期长达一个哈布年，要比月亮长得多。反过来，如果是月亮挡住太阳，又会发生什么？当然是我们看不见太阳了，但这种事发生过吗？

我忽然明白了那一天为什么九·鹰瞳说，伊希齐女神会带走基尼什·阿哈瓦——因为太阳就是被月亮挡住了！

多么简单的道理！太阳和月亮都按部就班地运动，不会随意后退或拐弯，因此，它们的运行轨迹是可预测的。理想状态中，我们可以知道在十年后，甚至一百年后的某一天，它们在哪里，也就会知道它们在什么时候会发生遮挡事件。所以，那一天，十八·天鳄和九·鹰瞳事实上都推测出了太阳被月亮挡住这一事件，只是二者的推算结果略有差异。十八·天鳄认为会在正午发生，而且只会挡住一半，九·鹰瞳却认为发生的时间略迟，但月亮会将整个太阳挡住。最后证明是九·鹰瞳对了。

想明白这些后，我对九·鹰瞳的敬畏不减反增。我虽然勉强明白了太阳被遮挡的原理，但要我推算出具体的时刻和遮挡方式，却还很难。就连天鳄大人也出现了不小的误差，迦安的魔女是如何得出如此完美的结果的呢？

我不动声色地和各个小组成员聊天，渐渐打听出了九·鹰瞳的一些事迹：原来她并非迦安人，而是来自南部边陲的某个蛮族，是十六·龟壳在那里收的徒弟。她的名字也非本名，是十六·龟壳给她取的，以形容她的视力过人。

十六·龟壳在十多年前的一次辩论中被十八·天鳄击败，后来远游了好几年，回来时就带着九·鹰瞳。此后，九·鹰瞳一直跟随他学习，在大战前一年，十六·龟壳死去了，临终时推荐九·鹰瞳继承他的位置，说她是比自己优秀十倍的天象祭司之材。不过，王室上下并不信任这个年轻的外族女孩，其他的天象祭司也纷纷诋毁她，说她并无才学，只是凭借"女人的特殊本领"获得了十六·龟壳的欢心，这种恶毒的猜测被广泛散布。最后忍无可忍的九·鹰瞳上奏虎爪王，要求和其他天象祭司进行比试，看谁更通晓上界诸神的知识。

算法

虎爪王批准了这次比试，还亲自主持。比试分三场进行，第一场是在一片雪白的墙壁上绘出巨青蛙星座的星图，双方各自绘图后和权威的迦安古星图比较，一开始人们发现，九·鹰瞳的误差比其他人的要大一些。但她告诉虎爪王，那是因为古星图为了画成蛙形，所以本身就不是很准确，而对方将古星图奉为圭臬，反而弄不清星辰的真实位置，虎爪王于是命令三个对天象学一无所知的宫女、仆役和武士分别在夜里观看巨青蛙星座，来判断哪幅星图比较准确，结果他们一致认为九·鹰瞳的星图更精准，"简直就像是从天上拓下来的"。

第二场比试是在星图中绘出金星在接下来的一个月里的运行轨迹，这一点双方都能做到，甚至包括难以预测的逆行，但是九·鹰瞳精确到了一天二十时辰中每个时辰的具体位置且分毫不差，而对方只能准确到天的级别，所以他们又输了。

老祭司们还不服气，说这些不过因为是九·鹰瞳窃取了十六·龟壳的研究成果。最后九·鹰瞳宣称，十天后的夜里会出现一场上界之雨，其他天象祭司却认为不会发生这种事。于是虎爪王宣布，如果没有上界之雨，九·鹰瞳将被处死，否则就处死其他人。结果那一夜，千百道灿烂的流星划过天空，最多时每眨一次眼都能看到好几颗，好像天上的星星全都掉下来了，所有人都恐惧不已。虎爪王心悦诚服，要处死其他天象祭司，后来九·鹰瞳为他们求情，虎爪王才饶了他们的性命，命他们以后服从九·鹰瞳的指挥，不得再有异议。

不过即便天象祭司们一败涂地,其他人也仍然反对立九·鹰瞳为天象大祭司。理由是她将来会嫁给某个男子,不能忠心为国王效力。几次比试后,虎爪王对九·鹰瞳十分着迷,趁机提出娶她为嫔妃,让她在后宫担任女祭司。但九·鹰瞳却公开举行了放血仪式,发誓终身守贞,服侍月神伊希齐,让虎爪王知难而退,九·鹰瞳也解了这个困局。大战在即,九·鹰瞳终于被任命为天象大祭司。

战后,九·鹰瞳的辉煌胜利令各种恶毒的谣言都销声匿迹了。很明显,迦安的魔女不可能有什么男女之事,她唯一感兴趣的就是那些天体,痴迷的程度比她的老师更甚。人们开玩笑说,也许她已经嫁给了天空神伊察姆纳。

对九·鹰瞳的事迹了解得越多,就越令我感到惊异和敬畏。但我更想知道的是羽蛇神的秘密。我怎么也想不透,它是穆都的守护神,何以又带来了穆都的毁灭?我跟一个叫十·负鼠的天象师关系较好,一天,我装作不经意地谈起那天决战时所见到的羽蛇神。十·负鼠十分紧张,悄悄告诉我:"我们不该谈论这个,这是天象中最重大的禁忌。"

"为什么是禁忌呢?"我换了个问法。

十·负鼠犹豫了一下说:"你也当了几年的天象助祭,应该知道天上的所有天体相对于天球并非静止不动,它们都有固定的运动路径,哪怕金星和火星那种复杂的逆行也可以预测。"

算 法

"没错。"我说,不论民间有多少不经的传说,观测几年天象就足以看明白,天体运动的本末相顺胜过训练最严格的军队。

"但羽蛇神不一样,它的出现和消失没有任何规律,没有任何天象家能搞懂。而每一次羽蛇神出现,都伴随着惨烈的战争和暴动,尤为危险。"

"这又是为什么?"

"你还不懂吗?除了对于你们穆都人之外,羽蛇神总是不祥之兆,天象祭司预言他的出现往往会引起骚乱,如果到时候羽蛇神没有出现,那就是我们天象祭司在传播恶毒的谣言。退一步讲,即便它真的出现了,那些愚民会认为那是天象祭司的预言招来的灾祸故而憎恨我们。如果闹出什么大事,国君还会拿我们当替罪羊。"

"原来如此……"我明白了几分。

"所以一代代天象祭司都不会去碰羽蛇神,只会强调它至高无上,随心来去,没有周期、没有路径,根本无从预测……特别是你,一个穆都人,不要问那么多了,否则只会给自己惹来麻烦。"

我唯唯诺诺,只有将对羽蛇神的好奇藏在心底。不过天象中的奥秘实在太多。不久之后,我又注意到了一个看似平淡无奇,实际却很有意思的现象。月亮永远对着太阳的一面发光,上半夜出现就是上弦月,下半夜出现就是下弦月,以我的目力看得非常清楚。月亮显然是被某种光芒照亮的,明暗之间是光线渐渐微弱的地带,那很像是太阳光照亮大地时的情形。

如果月亮发光是反映了太阳的光辉,那么满月的状态就可以解释了。这个时候,月亮和太阳在天空处于两端,遥遥相对,所以整个月面都被阳光照亮,但奇怪的是,当太阳处于地面下最深处,而月亮升到中天时,这时的太阳应该被大地挡住了,月亮怎么还会发光呢?

但也并非总是如此,在某些满月的时刻,月亮会被某种阴影吞噬。这种现象也很常见,在穆都的民间传说中,是因为月亮进入了天空中的死亡之渊的缘故。但我发现这也说不通,因为每次月亮在群星间消失的位置都不一样……

我苦苦地思索着这个问题,几乎废寝忘食。我强迫自己记下几个月中月亮的运行轨迹,哪怕是最微小的变化,以找出其中隐藏的秘密。终于有一天,我在深夜的月光下仰头盯着这位神秘的女神时,忽然天旋地转,竟晕了过去。

不知过了多久,我醒来了,发现九·鹰瞳在我面前,拍打着我的脸颊,问我有没有事。我急忙爬起来,说自己没有什么大碍。

"还好,"九·鹰瞳微微点头说,"否则我只得吩咐他们把你拿去祭祀金星了。我记得你最近的任务是观察七鹦鹉星座一带,但他们告诉我,你昏倒前一直盯着月亮,你不知道这是不被允许的吗?"

我只有老实承认自己的错误,并告诉九·鹰瞳自己在思索什么。九·鹰瞳摇摇头说:"我说过,你要用自己的灵魂之眼去看。鹿尾,

算 法

天象学是神圣的学问，依赖于灵魂的净化，如果你想得到真相，只能去睁开灵魂的眼睛。"

"可是大人，如何睁开灵魂的眼睛？"

"世界被创造时，玉米神从上界来到人间，赋予我们以灵魂，"九·鹰瞳说，"我们的灵魂来自星体，可以和上界相互感通，但必须经过艰难的转化，让灵魂像火焰一样燃烧起来，那时它就会上升到星星中，飞到宇宙树的中心，让你懂得这一切。"

我还是不明白，缠着她继续解惑。九·鹰瞳微微叹息："好吧，我给你一个机会，让你打开灵魂之眼的机会，记住，唯一的机会。"

残卷之四·通灵

我拿着火炬，走下月亮金字塔内的阶梯，阶梯弯弯绕绕，长得异乎寻常。往下走的感觉先是闷热，渐渐又有了凉意。到最后我可以确定，虽然金字塔高踞在地面，但我们已经在地面以下很深的地方了。

走下最后一级阶梯，九·鹰瞳推开一扇门，带我进入一间密室，室内狭小，连转身都困难，我以为在这里能看到什么机密，但不料除了四壁外一无所有。我忍不住问："大人，这里什么也没有啊……"

"很快会有的，"九·鹰瞳道，却熄灭了手中的火炬，顿时连光也没有了。我恐惧地惊叫起来:"大……大人,我什么都看不见了!"

"看不见才好,"我只能听到九·鹰瞳淡定的声音,"这样你才能睁开灵魂之眼。"

我仍然不明所以,她塞给我一个小木筒,低声说:"吃掉里面的东西,然后把心思集中在你的疑难上。"说完,她就关上门离去了。她的脚步在上面消失后,整个房间陷入完全的黑暗寂静,没有一丝声音来打扰我,心跳声都清晰可闻。

我有些紧张地打开木筒,把里面的东西倒出来,好像摸到了一朵很小的蘑菇,一口就可以吞下。我不明白为什么她会给我一朵生蘑菇,玛雅人都知道,菌菇不能乱吃,雨林中有些菌类的毒性很强,吃下去会立刻毙命。难道她发现了我的图谋,想让我无声无息地死在这里?

我心中忐忑,心跳也快如打鼓,但我转念一想,如果九·鹰瞳要让我死,何必如此大费周章?她这么做必有道理,我横了横心,将那朵蘑菇吞进肚子。

我紧张地捂着肚子,想万一有变,说不定还能吐出来。不过一直毫无感觉,我也放松了,便坐在地上休息。

不久后,我渐渐感到自己的胃部变暖和了,一股奇异的热力从那里向周身弥漫,从腹部到胸口,再传到头部。我感觉身子轻飘飘的,有点像喝了玉米酒,但又比那飘忽得多。头脑中各种念头此起彼伏,一个个记忆中的场景在黑暗中幻化出来,一会儿是血肉横飞

算 法

的战场，一会儿是人头满地的祭祀，一会儿是阿爸阿妈的面容……我想起九·鹰瞳的叮嘱，让自己不要乱想，努力将意念集中到天体运行上来。

果然，随着各种思维的流转，我的眼前出现了新的异象——无边黑暗中，一颗星星出现在我的头顶，然后是第二颗，第三颗。我依稀认了出来，这是弓箭手星座。在它的边上，火鸡星座和野兔星座也在逐渐生成，然后是房屋星座、金字塔星座和火焰星座……群星逐一点亮，明亮的宇宙树也出现了。

像之前那些观天的夜晚一样，星空围绕北天极在我头顶转动，但速度比现实中要快得多。旧的星座下沉，新的星座升起，四周的星星越来越多，越来越完整，终于，不同季节的二百六十个星座、五六千颗定星都在黑暗中显现，它们排成和以前一模一样的星图，但不只像平常的夜晚一样悬于我的头顶，它们也会出现在我的脚下，在以往被大地挡住的地方。我所能看到的各个方向，到处都是发光的星星，像无数颗宝石镶嵌在黑暗的天球之上，而我就像悬浮在天球中心的一粒沙。

太奇妙了，我在一间深深的地下室里，在什么也看不到的黑暗中，看见了天空中所有的星座，只有南天极附近什么也没有，宛如璀璨星空中的一个黑洞。

游星也出现了，它们在黄道的附近一遍遍兜着圈子，时进时逆，但都有明显的速度和规律。最后是太阳和月亮，它们一圈圈地追逐着彼此，时而发生遮挡，但一切都森严有序，似曾相识。我模糊地意识到，它们其实来自我的头脑，是这三年来一千多个夜晚中观测场景的复现，我的灵魂之眼提取了记忆，让这一切复现了！

我越来越兴奋，头脑中的星空也在飞速旋转，太阳和月亮继续运行着，每一步都按部就班。我看到太阳和月亮的轨道在天空中交叉，也看到当月亮经过天空时，会被下面的太阳照亮，就像大地不复存在一样。

是的，如果大地不存在，只有我浮在星空中，一切就完满了，和观测结果很完美地契合。

但大地当然不可能不存在。

或者……

太阳绕到了我的正下方，甚至将我的影子投射到了上方的月亮上。日月之间，宛如架起了一道桥梁。忽然间，我全身似乎被这道阳光打通了：

"啊，原来……竟然……"

那一刻，我直观地"看到"了一切，一时却无法用语言表达。

我跳了起来，不由得手舞足蹈，却忘了自己并非真的在宇宙间飞腾，只是置身于一间狭小的石室内，一脚踢出后，脚趾正撞在石壁上，我跌倒在地，痛叫出声。

周围的星空渐渐沉入黑暗，九·鹰瞳的声音却在我面前的不远处响起："喂，你没死吧？"原来她并没有远离我，听到我的响动又

算法

回来了。

我却还在兴奋中，忍痛站起，大声说："大人，我明白是怎么回事了！大地相比于太阳和月亮间的距离来说非常之小，就像虚空中的一粒沙。它也不可能比太阳更大，否则它可以永远将自己上方的月亮掩在黑暗中。因为大地比太阳小得多，才无法阻拦太阳照到在大地正上方的月亮，所以才会出现深夜的满月。而月食就是月球进入大地在阳光下的阴影区域所致！我明白了一切！"

"不错，"九·鹰瞳冷冷地说，"但是你——"

"这就是那个神奇蘑菇的力量！"我仍然兴奋地说个不停，"它调动了我灵魂的全部记忆，让我能够在灵魂深处将这些组织在一起，重现宏伟的星辰运动，宇宙的结构……这就是灵魂之眼的真意所在，对不对？对不对！"

"对，但这似乎不是你抱着我不放的理由。"

我这才发现，自己在那蘑菇的作用下，不知什么时候已经忘形地拥住了九·鹰瞳，感受着大祭司身上的温暖和芬芳。我大惊失色，慌忙放手，伏倒在地，惊惶地连话都说不顺了："大——大、——大人，我——我——我不——不……"

九·鹰瞳的脚在我手背上狠狠踩了一记，但我不敢呼痛，还好她没有施加更严厉的惩罚，而像一切没有发生过那样，用火石重新点亮了火炬。

"人的灵魂被世间万物所玷污，"她淡淡地说，"如同堕入无知的黑暗，而通灵菇正如这火炬，能够激发灵魂的潜能，让灵魂之眼目睹天地的真相。唯有它，能看到纷乱复杂天象背后的至高之美，能够让渺小卑微的人类感受上界的伟大庄严。七·鹿尾，你过关了，从今天起，可以升任为真正的天象祭司。"

她的嘴角露出一丝淡淡的微笑，我心里似有什么屏障被击碎了，一种恼人的温柔情感涌了出来。

我忙收拾心情："那个——大人，成为天象祭司就能明白天象背后的奥秘吗？"

九·鹰瞳的表情复归严肃："还差得很远，你必须掌握足够久的记录，才可能看到更加清晰和完满的画面。就好像只有观察一整年，才能看到太阳在群星间的完整路径一样。毕竟，有些天体的运行周期远远长于一年。"

"那么，我们需要多久的记录呢？"我问。

"越久越好。可是迦安目前的记录还不到一个纪元，远远不够，"九·鹰瞳遗憾地说，"以后你要继续观察夜空，不过，不必再拘泥于细节了。我更需要你整理之前的资料，包括我们从其他城邦找来的天象记录，我希望能用灵魂之眼看到更古老的星空，解开更多的奥秘，包括……"

我心中一凛，想到了一直盘绕在心中的那个词。但她没有说下去，只是微微叹了口气。

接下去的一年中，我认真地按照九·鹰瞳的指示工作，也更加

算 法

了解了天象祭司完成预测的工作方式。一般的计算仅仅是辅助性的,一切真正的预测都要依靠那种被称为"通灵菇"的黑色小蘑菇完成。在它引起的迷离幻象中,日月星辰在头脑的星图中一刻不停地、一丝不苟地运行着,能重现过去,也能看到遥远的未来。

我渐渐明白,那些民间传闻是靠不住的,天象祭司并没有真正的魔力,至少我没有亲眼见过。他们的主要本领在于能够精确预测未来的星象。

但我还是不明白,为什么当初九·鹰瞳能够预测到上界之雨,那东西好像毫无规律可言。后来我大胆地问了九·鹰瞳这个问题,她告诉我:"在这一点上,卓尔金历毫无用处,如果你以二百六十天为循环周期,就什么也看不到。就像我曾说的,三百六十五天为一周期的哈布年更为关键。"

"可就算用哈布历,我也看不到有什么规律。"

"这个问题,你去翻翻之前两百年的记录,"九·鹰瞳说,"不要让我后悔对你的提拔。"

果然,我把所有上界之雨的记录都翻了一遍,发现绝大部分上界之雨都发生在哈布历上固定的日子,如果以哈布历计算,一个哈布年中,上界之雨基本上只在十来个固定的日期出现,误差不过一两天。不过,并不是每一年都会出现同样的现象,某一年爆发了一次上界之雨后,此后几年又变得很小,直到一二十年后才会再次出现大的上界之雨。只有综合两百年的资料,才有可能发现较明显的规律。

我将自己的想法告诉了九·鹰瞳，并请教她为什么能够预测到那一次上界之雨，她摇摇头说："我无法回答你的问题，因为我也不知道是怎么知道的。我读了两百年中所有的上界之雨记录，在用灵魂之眼观看时，发现这些天体的周期运动一年年发生下去，并越过时间，延伸到未来的隐微运势时隐时现，我看到了它们，我知道它们会在那个夜晚出现，也只知道这些。"

"大人，您一定拥有最接近上界的纯净灵魂，才能看到最隐秘微妙的天象运动。"我恭维道。

"还差很远，"九·鹰瞳脸上出现了苦涩的神情，"我看不到羽蛇，从来都看不到。"

我一怔，没有想到她会主动提起这个话题，此时不问就错过了良机："但是大人，穆都之战的那一天，您不是在天空中召唤了羽蛇吗？"

"我只预言了日食，"九·鹰瞳毫不隐瞒地说，"压根没有想到羽蛇也会出现，那天的羽蛇在我的预料之外。事后我翻了很多记录，但还是弄不清楚羽蛇从何而来。如果羽蛇和日月一样是一个天体，那么肯定有其规律。但我研究了迦安三百年来所有羽蛇出没的记录，还没有发现规律。"

"那我们该怎么办呢？"我问，不知不觉间把自己代入进九·鹰瞳的研究中。

算 法

九·鹰瞳沉浸在思考中，并没有注意到我用词的改变，叹了口气："我需要更多的记录，更多的通灵菇。蘑菇也罢了，可靠的记录却无从寻觅。这些年的战争毁灭了太多古老的文化，许多城邦的记录最多只能上溯到第十纪元，还很不完整。我本来寄望于穆都，它的历史比迦安要长，据说穆都人当年在攻占特奥蒂华坎之后，将千年的天象记录都搬回了穆都……但是十八·天鳄在逃走前，下令焚毁了所有的天象记录抄本，最少有几百卷之多——这是对众神犯下的最可怕的罪行！"她露出了罕见的怒色。

我也不禁感到惋惜，但很快惊觉，这可是向着敌人一边的议论。我可千万不能被这魔女的话所迷惑了。"大人，也许别的地方还有线索吧？"

"我本来指望特奥蒂华坎，那座神圣之城的历史可以上溯到开天辟地之时，比玛雅城邦存在的时间都要长，但几经洗劫，如今已空空如也。我派人寻找过，却一无所获……不过，现在好像在科潘东南的丛林里发现了远古的石碑，上面似乎有很古老的天象记录。我正在请求国王的许可，前往那里考察。如果他批准的话，你跟我一起去好了。"

我的心一动：科潘，文明世界最南的城市，背后就是蛮荒的原始丛林。也许……

残卷之五·南行

事情拖了很久，科潘之行一直没有被虎爪王许可，我也渐渐淡忘了。升任天象祭司后，开始有迦安的贵族和富商请我在空闲的时候占星，根据星象选择婚姻的日期或者预测子女的吉凶。其实，我对占星术了解不多，但我逐渐发现，既然有天象祭司的头衔，只需随口瞎扯一些星象和人生的关系吓唬他们，再说上几句吉利话，就能赢得他们的敬畏和感激，所以我也逐渐成为一些迦安要人的座上宾，常常出入宴席聚会，生活也越来越舒适了。

复仇的心愿我并未搁下，但也越来越淡了。五年了，穆都的一切已离我远去，甚至有时候我想起穆都的事，心里用的都是迦安的方言。后来我常常想，如果就这样下去，我和九·鹰瞳会变得怎么样。但我注定不可能知道答案，因为发生了一件事，将我们的命运彻底扭向另一个方向。

那天，我陪着一位迦安将军和他的宾客们在一处郊外庭院散步，一群弯腰驼背的奴隶背着沉重的石块从我们面前经过。主人向我们夸耀，这些奴隶正在为他修建一座蒸汽浴室，规模和水准仅次于王室，我们赞叹不已。正在主人开怀大笑时，一个奴隶在土坡上摔倒，背上的大石滚落下来，撞倒了后面的几个奴隶，一时情况大乱，主人当着许多宾客的面丢了颜面，十分愤怒，命令卫士们抓住

算 法

那个笨手笨脚的奴隶,将他杀死,充当晚上的肉宴。那奴隶一边哀求,一边乱跑,逃避着卫兵的追捕,忽然间,他看到了我,一下子站住了,流露出难以置信的表情。

我愣了一下,也认出了他,这个皮包骨头、惊弓之鸟般的奴隶,就是我的大哥,当年英俊威武的四百夫长十·鹿角!我一直以为他早就死在战场上了。不料他还活着,却变成了这般模样。

小时候,大哥怎么背着我去集市游玩,怎么打跑欺负我的小坏蛋,怎么手把手教我武艺的场景都涌上了我的心头。我忘记了周围的一切,忘记了自己已经是迦安的祭司,奔向大哥,帮他挡住那几个兵士,不顾一切地和他抱头痛哭。主人本来知道我是穆都的俘虏,但明白了我们的关系后,大感吃惊。我拿出了身上所有的财物:两块玉石、五枚白贝和二十多颗可可豆,要把大哥赎买下来,如果不够还可以再拿。主人推开了我的手,允诺赐大哥以自由,条件是我得请鹰瞳大人为他女儿的婚礼选择星辰组合最为吉利的日期,还要给他的孙子起一个吉祥名。虽然九·鹰瞳很难请动,但我还是一口答应了。

我把大哥带回我的住处,问起他别后情由。他告诉我,当年他战败被俘,因为孔武有力,所以未被杀戮祭祀,而是被将军要去,成了他的苦力。在其他活下来的亲人里,我的两个叔叔被拉去为迦安人建造神庙,没熬过一年就死了;我年仅十一岁的小妹和其他邻家女孩一起,被带到迦安军队里中供那些残暴的武士奸淫,小妹因此怀上了一个孽种,因为年纪太小,竟难产而死;我慈祥的母亲,用丰满双乳哺育我的母亲,知道小妹之死后发了疯,被当成了祭祀玉米神的人牲,被剖心挖肝……

知道这一切后,我悲愤地想要大吼大叫,却怕被周围的人听到动静,只能撕扯着自己的头发,捶打着石墙,直到双手都鲜血淋漓。这几年下来,我每每对自己说要复仇,实则却安于在迦安的安稳生活,甚至没有用心打听亲人的下落。在我衣食无忧地仰望星空时,就在离我只有几里的地方,我的至亲却正在遭受比下界还要恐怖的折磨。也许我心底早已明白这一点,所以才寄情冰冷的星辰变化来逃避残酷的真相。

大哥抓住了我的手,阻止我的自残:"鹿尾,这不是你的错。阿爸阿妈如果知道你好好活着,也会欣慰的。何况你竟然还当上了迦安的天象祭司,这一定是库库尔坎的安排,鹿尾,现在你是我们穆都人的希望所在。"

我心中一动。大哥说得不错,我能进入迦安的天象台不是偶然的,这一切都出于羽蛇神的护佑,它一定会让邪恶的迦安覆亡,让伟大的穆都复国。我必须做点什么,但是该怎么做呢?

我想来想去竟想不出头绪,又想到了现实,该怎么安置大哥呢?我的居所和饮食都是天象台分配的,不像迦安的自由民那样在城外拥有自己的田产,大哥不可能一直住在我这里。大哥也不想再留在迦安,宁愿逃到远方去碰碰运气。过了几天,等大哥养好了

算法

伤,我找到一个商队,让大哥跟随他们一起前往东部半岛贩盐,半年一个来回,虽然艰苦,但比当奴隶好多了,还能有些收入,目前我能做的只有这么多了。

大哥走后,我正在苦思复仇的事,九·鹰瞳却通知我,虎爪王终于批准她前往南部边陲考察古碑的事。我和其他几个天象祭司将与她同行。我为能够参与这样一次重要考察激动了片刻,但很快一个冷酷的念头攫住了我:也许这就是羽蛇神赐予我的复仇机会,杀死九·鹰瞳,让迦安人失去他们的天象大祭司,从此走向衰亡。在路上,这样的机会不会少。

羽蛇在上!神的指示再明确不过了。

我们在这一年的雨季结束后踏上了漫长的旅程。迦安王拨给九·鹰瞳的队伍非常庞大,包括四十名扈从武士、二十名仆役、十名专门服侍她的侍女,还有包括我在内的九名天象祭司。佩滕地区是此行的必经之途,队伍在穆都故城停留了一天。我看到了故乡那熟悉的城郭和林立的金字塔群,它们仿佛一群沉睡的巨神,对周围的变化毫不留意。但原本稠密的人烟已所剩无几,羽蛇神庙香火冷落,迦安人在城里横冲直撞,残余的居民都沦为了迦安的农奴。

我们被安排住在穆都的旧王宫中。那天夜里,我偷偷溜出住所,回了一趟旧居。我家的草顶泥屋没有金字塔的坚实,早就变成了一片废墟,稍有价值的财物都不知所踪。但满地的破烂仍然唤醒了我沉睡的记忆:阿爸的藤条烟斗、大哥的弹弓、二哥练习写字的沙盘、我买给小妹的贝壳项链……我在地上捡起一块脏兮兮的破布，拂去尘土，看着有些眼熟，依稀记得是战前阿妈缝给我的衣裳，还没有做完，也永远不可能做完了。

我偷偷哭了一场，然后擦干泪水回去了。接近住所时，却看到九·鹰瞳一个人坐在庭院里，仰望着横亘于星空之间的宇宙树，若有所思。一股恨意止不住地翻涌上来，我要杀死她，我对自己说，别耽搁了，现在就杀死她，现在。

我悄悄走向她背后，握紧了腰间的匕首，但接近她身后时，呼吸不争气地开始急促，身子也不由自主地颤抖起来，匕首怎么也拔不动。九·鹰瞳一回头，就看到了我。

"鹿尾？你也睡不着吗？"

"是啊，大——大人，"我窘迫地掩饰，"我大概是习惯了每晚的守夜。"

但九·鹰瞳锐利的眼睛发现我神色有异："你是穆都人，这次回来会勾起一些过去的回忆吧？"

我沉默了。

"想开点儿，你已经是天象祭司了，"九·鹰瞳天真地以为天象祭司这个词就代表了一切，"现在你直接侍奉上界诸神，人间的是非与你无关。"

"我……我只是没想到会这样，"我忍不住说，"在前几个纪元，迦安和穆都也经常开战。战败方无非是多支付一些贡赋，献出一些

算法

人牲，迦安战胜过穆都，穆都也击败过迦安，但城邦的传统并没有断绝，可现在，为什么整座城邦都……都被……"

"这不是我的初衷。"九·鹰瞳叹了口气。

"你的初衷？"我越发感觉不对。

"数百年来，玛雅诸邦各自为政，不知有多少珍贵的天象记录和研究都记载在不同的语言文字里，分散在各个城邦，彼此都秘而不宣，也常常毁于战乱，平白浪费了。在穆都之战后，有鉴于十八·天鳄的破坏，我请求国王陛下将各地的天象祭司汇集起来，让他们将各城邦的记录带来，在迦安一起工作。但不知怎么，王上误以为我的意思是不允许各城邦观测天象，他干脆让迦安的将军们捣毁了各地的天象台，杀戮天象祭司，而这激起了各邦进一步的反抗，最后导致了整个城邦的大屠杀，反而丧失了更多古老的天象记录。等我发现时，已经……"

我的脸色一定变得越来越难看，为了不被她发现，我勉强转过了身。在九·鹰瞳眼中，一切问题只是那些天象记录的损失。可穆都是我的故乡，我的城市，我的同胞！因为你的提议，就这样被毁灭了！

你要负责，迦安的魔女，你要为这一切负责——

我的手又摸向匕首，但此时，两名巡逻的武士走来，说这附近还有暴民作乱，客气地请我们回去休息。我只有再次放弃。但时机总会到来的，我一定会亲手杀死九·鹰瞳。这不是我们的私怨，而是羽蛇子民的正义复仇。

离开穆都后，我们迤逦南行，不一日便抵达科潘地界。科潘本来是穆都的盟友，但在战场上他们当了逃兵，并且很快向迦安献上降表，称臣纳贡。得知九·鹰瞳前来，科潘城主，年迈的十五·毒蛙亲自在边境迎接，设宴款待我们。一连几天，我们都被丰盛的南瓜、火鸡、鹿肉以及从海边运来的新鲜鱼虾环绕。我们离开科潘时，十五·毒蛙殷勤地送我们到边界，并奴颜婢膝地请九·鹰瞳在虎爪王面前多美言几句。我真是打心里看不起这个怯懦卑鄙的小人。

科潘城已经毗邻山区，前头的山道艰险难行。不过，因十五·毒蛙派遣大批民夫在前头为我们修桥铺路，还源源不断地运来丰盛的食物，甚至还找来好些个科潘姑娘供那些武士和其他天象祭司享乐，我们这一路倒也并没有吃苦。

我毫无寻欢作乐的心思，只是一直待在九·鹰瞳身边，想要找机会下手，不过始终没有合适的时机。

三天后，我们抵达了那些古石碑的所在地，它们屹立在一座悬崖上，总共有三十多块，从铭刻的长历时间来看，它们至少经历了九百年的光景，的确够古老的。这里应该是某个上古城邦以前的天象台。但令我们失望的是，其中大部分内容已经被风和水的侵蚀所剥去。只有少数有用的资料可以抄录。九·鹰瞳让我们巨细无遗地临摹下所有的或完整或残缺的文字，她说，这些古文的写法与今有异，可能意义上也会有所不同，必须尽可能完整地复制下来带回

算 法

迦安。

这种工作当然很令人厌烦，我们整整干了一天。到了傍晚，太阳西斜，几个科潘女郎又送来了丰盛的食物。其他人都放下活计，一边吃喝，一边调情去了。只有九·鹰瞳还蹲在悬崖尽头，聚精会神地研究着半块断掉的石碑。

我走到她身边，心想可以在这里把她推下悬崖，她毫无防范，这轻而易举。当然我也不可能逃走，就抱着她一起跳下去，也算还了她一条命。但九·鹰瞳抬头，冲我露出天真的微笑："这里还有一条羽蛇出没的记载，太难得了，你来看看！"

九·鹰瞳孩子般的笑容和阿爸与二哥临死时的惨状在我心中交织，我僵在那里，脸色一定极其难看。九·鹰瞳似乎察觉到了什么，忽然收起了笑容，脸上满是惊愕。再不动手就来不及了！

此时，身后却传来一声惨叫，我一惊，回头看到我的伙伴十·负鼠的脖子上插着一根箭，他瞪着双眼，倒了下去，手里还拿着一张啃了一半的玉米馅儿饼。

随即，四面忽然传来惊叫和呼喊声。那些刚才还热情似火的科潘女郎从头发里拔出了黑曜石的刀片，迅速捅向身边迦安男人的肚子。送粮的科潘民夫也从粮草里掏出了利刃和弓箭，疯狂地袭击我们。此刻，我们一行人都在狭小的悬崖上，无法躲避，人群像被收割的玉米一样倒下。

我终于明白过来，十五·毒蛙并未臣服迦安，而是处心积虑地将我们引入陷阱，要一网打尽！深沉多智的科潘城主啊，我在心中赞叹，好一个完美的计谋。我错怪你了，你并不是怯懦的小人，而是智慧的抵抗者。

又一名伙伴倒在我面前，发生在眼前的一幕让我回到了现实。不管科潘人如何深谋远虑，但眼下我自己的生命也处于危险中。即便表明身份也没有用处，在众人眼里，我可是九·鹰瞳的亲信，不论怎么分辩也不会有人信，科潘武士随手就会把我送进死神基西姆的嘴里。说来也怪，刚才我还想和九·鹰瞳同归于尽，现在却又害怕自己真的死在这里。

"大家跟我冲出去！"护卫队长吼道，但这是不可能的，这里是绝路，唯一的下山道路上已布满了科潘的战士，几个试图冲出包围圈的武士立刻被消灭了，最后迦安武士只有依靠石碑群和敌人周旋。但这只是时间问题，一个个迦安武士倒下了，眼看我们就要在这座陡峭的悬崖上被科潘人消灭。

前后的路都被堵死，我也没有长翅膀，唯一的出路在下方。我向下张望，看到悬崖下有一个溪流汇聚而成的小湖，如果能落进湖里，凭借水的缓冲力，或许我能留下一条命。我正在思忖，便看到一个绝望的武士向那里跳去，但准度不够，身体落在湖边的碎石地上，顿时鲜血飞溅，身子抽搐几下，便不再动弹了。

我不敢再试，却听到身边九·鹰瞳的惊呼，一个半裸的科潘女郎已经冲到她身边，挥动黑曜石的刀片，就要插进她的心口。我没

算　法

有多想，猛然撞向那女郎，让刀刃从九·鹰瞳的喉咙边擦过。她在我的冲撞下，跌下山崖，但我收不住脚，也跟着一起落下。九·鹰瞳伸手抓住我的衣服，大概想要拉住我，却反而被我带了下去。

我吓得闭上了眼睛，大脑中一片空白，只感到天旋地转，然后身体在什么东西上重重地撞了几下，身上又被什么东西狠狠压了几回，五脏六腑都要被撞碎了，然后就昏了过去。奇怪的是，最后我心中竟然一片平静：死了也好，也不用再想着复仇了……

我没想到自己还能醒来，有人拍打我，让我恢复了意识，睁开眼睛，看到光线昏沉，一个女子蹲在我面前："鹿尾，你还活着吗？"说这话的正是九·鹰瞳。

我慢慢从茫然中恢复了意识，爬起来，只觉得身上无处不痛："大人，我们……没有死？"

九·鹰瞳指了指旁边一大团模糊的血肉，从衣服上可以辨别出来是那科潘女人："她落在那个武士的尸体上，正好垫在下面，救了我们。我又落在了你身上，所以……"

怪不得我前后都疼，我想。我的身上满是瘀青，但摸了摸自己的肋头，似乎还没有断。惊惧渐消，心中又感庆幸。人类就是这样，虽然同伴都已丧命，但自己没死，还是感到幸运。看看九·鹰瞳，大概没受什么伤。

"是你救了我，鹿尾。"九·鹰瞳看着我的眼睛，轻声地说。晚霞中，我发现她的眼睛很美，很温柔。

"我……"我心中五味杂陈，调过了头，"大人，那些科潘人呢？"现在太阳已经沉入地平线，至少过了一个时辰。

"我醒来的时候已经没有了声音，也许他们以为我们已经死了，回科潘去了。"

我稍感宽心，但想了想，心又提了起来："不对，大人。你是科潘人真正的目标，他们不拿到你的首级是绝对不会回去的。也许他们会来下面——"

我的话还没有说完，九·鹰瞳就指着我的背后，神色变了，我回头一看，果然看到暮色中，一串火把在数百步外若隐若现。

"快逃！"我拉着九·鹰瞳飞奔起来……

残卷之六·漂流

"为什么……他们……要我死？"九·鹰瞳一边跑，一边喘着粗气问。

我也气喘吁吁："大人，这还用问吗……如果你死了，迦安就无法再掌握……对战争有利的天象……科潘人可以趁机作乱……"

"但是科潘难道不怕……迦安的报复？"

"当然怕，所以我们在科潘地界的时候，十五·毒蛙对我们礼遇有加……人人有目共睹。而这次袭击发生在边境外的山区，和科潘

算 法

毫无关系……他们完全可以说是野蛮部落下的手,杀一些蛮族来交差……虎爪王什么都查不到……"

我们顺着溪流往下游逃亡,身后科潘武士追赶不休。已经是第三天夜里,我发现九·鹰瞳除了天象学之外对其他技能一窍不通。是我教她顺着溪流漂下以隐藏自己的脚印和气味,找到可以吃的野菜、果实和昆虫,以及躲开偶尔可以看到的野蛮部落,那些人以砍下外来者的人头为乐。如今九·鹰瞳对于我来说,完全是一个负累。我可以扔下她不管,甚至杀了她复仇。只要科潘人找到她,不论是人还是尸体,想必不会再继续追赶我这个无名小卒。

但我没有抛下她,我也不知道为什么。也许是因为当初她留了我一命,还让我成为天象祭司,也许因为她胸中丰富深邃的天象知识,我只是揭开了其中的一角,她一定还懂得更多的奥秘。但回归迦安的路已经被科潘人堵死了,我们能去哪里呢?

我们已身处科潘南方数百里外,还在无人知晓的深山里,众所周知,科潘是文明世界的南方边城,我们已经越过文明世界的尽头。前方是什么?我想,或许是传说中世界的边缘,我们会看到大地的边缘,天球在脚下转动,宇宙树的全貌展现在面前,而我们的世界只不过是一根树枝上的一小片树叶。

爬上一座山头,我陡然止步,张大嘴巴,几乎无法呼吸。

果然,世界的边缘就在眼前,视野中再没有任何土地,璀璨的

天象祭司

繁星从天顶一直延伸到脚底,仿佛只要纵身一跃,就可以跳进神秘的星群……我无法呼吸、无法思考,这是何等瑰丽的不可思议的场景!

"到海边了。"九·鹰瞳在我身边说。

我揉了揉眼睛,才发现这回是自己犯傻了,眼前不过是无边的水面,映照出了满天星辰。

"原来这就是大海……"我喃喃地说,虽然每个玛雅人都知道,我们的土地在两片大海之间,但我却从未见过海洋,原来它的博大与浩瀚竟不下于天空。

我没有太多时间感叹大海的壮丽,阴魂不散的科潘人又追了上来。我们匆匆跑下山坡。等我们到达山脚下时,科潘的追兵已经到了山顶,他们看到了我们,咆哮着向下抛掷石块,因为离得太远,没有砸到我们。然而,他们很快顺着山路追了下来。

我们只有匆匆向海边跑去,天色渐渐亮,可以看到这片海湾在两片山岭的夹缝中,逃跑的道路十分有限,那些科潘人也发现了这一点。他们呼喊着向两边包抄,整片海湾变成了一个即将被收拢的口袋。我正感无计可施,借着晨光看到海边有一座坍塌的茅屋,旁边还有一条搁在岸上的独木舟,我忽然灵机一动。

"我们坐那条独木舟逃走!"我对九·鹰瞳说,随即抓着她的手,向那条小舟跑去,心中祈祷它没有坏掉。羽蛇在上,那条独木舟看上去还能用,正好可以坐下两个人,但找不到桨,我们把它用力推

星云志・NO.11
算 法

离岸边，跳上船后，拼命用手划水。手忙脚乱中，独木舟渐渐远离了岸边，向大海深处飘去，等到科潘人赶到，不论是扔石头还是掷飞镖都无法伤到我们了。

"现在怎么办？"海岸变成了天边一线后，九·鹰瞳问我。

"再划远一点，让他们完全看不到我们，也就无法追踪了。"我说，"然后我们把船划到靠近北面的地方，找个荒僻的地方登陆。"

这本是一个不错的主意。但当我们划到看不到岸的地方之后，却发生了一件蹊跷的事。我根据天空中太阳的方位不断地向东北划去，想回到岸边，但总看不到海岸线，就好像刚才的大陆根本不存在一样，不管怎么尝试都没用。过了许久，我看到一块礁石在眼前出现，却迅速地向北移动，好像长了脚似的。我想要划过去，却离它越来越远，我这才醒悟过来，大海中有一股强大的水流，正裹挟带着我们向南前进，而且不断远离海岸线。

而我们什么都没有，没有食物、没有水，就这样被抛到了大海上。

独木舟日复一日地被带向南方海域。好在里面有一团破旧的渔网，我们试着网鱼，偶然能捞上几条鱼。可是没有淡水，我们渴得快要发疯了。到了第五天，下了一场雨，让我们喝了个饱，还存了一些在随身水囊里，每天喝一点能暂免渴死。但我们还是日渐虚弱无力，只有躺在独木舟里听天由命。转眼过去了十来天，我好奇这海流会把我们带到哪里去，如果到了世界边缘，海水会像瀑布一样轰然从大地边缘落下吗？对，也许这正是形成海流的原因。但如果是这样，那么海水为什么没有流光，露出光秃秃的海底呢？

我把自己的疑惑告诉了九·鹰瞳，她虚弱地撇了撇嘴，好像不想浪费力气说话，但最后她还是开口了："关于这个，十三年前，迦安和穆都还保持和平时，我的老师十六·龟壳拜访穆都，和十八·天鳄进行过一次辩论。十八·天鳄的答案是，海水的确会从大地边缘泻下，形成九万里高的超级瀑布，落到天球底部，在那里形成积水，而随着天球每天周而复始地转动，海水会重新回到天空上界，从那里落下，变成雨水，这样一来，水就可以一直循环下去。"

"好像蛮有道理的。"我心想，"不愧是穆都天象大祭司十八·天鳄，观察和计算能力也许略逊于九·鹰瞳，但是对天象学的深刻理解堪称玛雅列邦的翘楚。"

"你也觉得是这样吗？"九·鹰瞳冷冷地问道，"但是我老师反问，如果是这样，那么雨水就会像海水一样是咸水，并且鱼虾、龟鳖都会随雨水一起落下，可是雨水却是极其清淡的，也没有人见到天上掉过鱼虾。十八·天鳄又提出了许多补充的假设，什么天球对水的转化，不同层面的截留等，烦琐又牵强，我现在可没力气复述了。"

我又糊涂了："那十六·龟壳的解释是什么？"

"老师有一个非常简单的解释，简单但非常离奇，没有人肯相信他，十八·天鳄还尖刻地嘲讽了他，最后老师愤怒地离开了穆都，不，离开了整个玛雅，说要去'世界边缘'寻找证据。"

"最后他找到了吗？"我越发好奇。

"找到了。但是只有到达世界边缘的人才能亲眼看到，所以他也不能说服其他人。你想知道是什么吗？其实这几天夜里已经能够看到一些东西了，但是你一直无心观察星空，所以错过了。但以这种漂流速度，如果我们能活到今晚的话，我们将亲眼看到那神奇的景象——"

九·鹰瞳激动起来，苍白的脸上燃烧着红晕。但说到最关键处，她的身子忽然晃了晃，倒在了我怀里。我生怕她有事，忙探她的鼻息，发现她只是晕了过去。这几天我们缺少饮食，又被毒日暴晒，她单薄的身体早已支撑不住了。

我稍微松了一口气。才发现自己很怕她死掉，那就意味着只有我一个人在这瀚海漂流，直到从世界边缘坠落。我俯下身子，为她挡掉头顶太阳的灼热，又把不多的水喂她喝了一口。她轻轻把水咽下，干裂的双唇动了动，但没有醒来。让她这样休息一会儿吧，我想。

但接着，我却做了一件连自己也吓了一跳的事。

我轻轻地吻了吻她的嘴唇。

九·鹰瞳动了动，我一惊，生怕她醒来，但她却把头埋在我怀里，睡熟了。

不知过了多久，我自己也困倦地睡了过去。等到我醒来时，已经是夜里了。今宵没有月亮，只有满天星斗，和在城邦里不同，这里没有丝毫的火光，可以清晰地看到一百多个玛雅星座肃穆地拱卫着银色的宇宙巨树。群星倒映在海里，我们宛如在无尽星空中漂浮。

九·鹰瞳已经醒来，她像石雕一样坐在我前面，凝视着南方的海平面。我叫了她一声，她没有说话，只是用手指了指前方。我顺着她的手指看去，一下子呆住了。

一小片从未见过的星空出现在海天尽头，那里非常黯淡，没有几颗星星，看上去平平无奇。但我身为天象祭司，通过周围的星座，一眼就认出那是终年在地平线下的南天极！也就是上次灵魂之眼所看到的宇宙全景中始终缺少的那一块碎片。如今它竟已升到海平面上，将宇宙深底的神秘展现在我们面前。

"这——这不可能！"我喃喃地道，"我们怎么能看到南天极？难道这里就是世界边缘？那我们——"

有点常识的人都知道，人居住的世界是宇宙树上的一片树叶，我们生活在树叶之上，看得到地平线上的北天极，这就意味着南天极在树叶之下，我们的视线被地面挡住，不可能看到它。除非我们已经来到了世界边缘，这也就意味着，我们即将从九万里高的大瀑布上跌下！

我向南方看去，海水平静地伸展到视野尽头，没有任何即将跌落的迹象，也听不到瀑布落下的水声，不过如果天地间的瀑布实在

算　法

太高，我们听不到声音也不奇怪。

"不用担心，"九·鹰瞳回头对我说，显然她已经洞悉了我的想法，"我们不是在世界边缘，这世界根本没有边缘。从某种意义上讲，我们反而在整个世界的中心。"

"这怎么可能？"

"这就是我老师的理论：大地是一个球体。"

"球——球体？"我不明白这是什么神学术语。

"就是字面上的，类似球戏中的胶球一样的球体，只是要比它巨大不知多少亿倍。也就是说，地面——当然也包括海面——是有弧度的，正是因为大地的弧度让我们无法看到南天极。而我们不断地向南漂流，已经越过了一个很大的弧度，到了同时可以看到南北天极的地方，老师将这里称为——赤道。"

我还是不敢相信，九·鹰瞳又列举出了一系列的证据：月食中大地的投影是圆形的，恰巧说明了大地的形状；在迦安无法看到科潘的高山，纵然中间都是平原，也是因为隔了一个弧度……天象学的深邃奥秘让我们忘却了饥渴，谈了一夜。我看到两极在地平线上几乎遥遥相对，如同有一根无形的轴，牵动整个星天，像巨大的纺锤一样滚动，而我们处于轴心——无限时间和空间的轴心。这里的一切都不可想象、不可思议，我之前的整个世界图景已然破碎了。

黎明时分，东方发白，我已被九·鹰瞳说服，但又想到一个问题。"如果大地是球体，那为什么从西北的特奥蒂华坎到东南边陲，天极的位置没有变化呢？至少我从未听那些来自南北方很远地方的人说过。"

"不是没有变化，只是变化小得一般人都会忽略。即使在这里，变化也很小，只不过我们恰好穿过了赤道。如果要到达南方十字星或者北方鹦鹉七星高悬的地方，得跨越远比玛雅世界南北之间大得多的距离，所以我老师推断，如果世界是一个球体，那么远比玛雅人所知道的面积要大得多，不知道要大几百、几千倍。"

"这么大的世界都是海洋，只有我们的世界是一片陆地？"

"不是的，老师认为，在玛雅之外一定还有其他的陆地，也许彼此可以相连，也许要跨越海洋才能抵达，那里也许还有其他的民族、其他的城邦、其他的天象祭司，只是根本不知道彼此的存在。"

"可是……"我还是觉得这不可思议，"从来没有人见过或者听说过其他的大陆和城邦，除非你说的是托尔特克之类的部落，听说他们也造了几座城，有没有天象祭司就不知道了。"

"不，托尔特克人只是我们的邻居，可以说近在咫尺。我指的是比托尔特克远得多的世界，玛雅人无法想象的遥远文明，其实——"九·鹰瞳忽然停下了，诧异地望向红霞满天的东方，我顺着她的目光看去，也呆住了。

那里真的出现了陆地，虽然离我们还很远，但已经可以看到连绵不绝的群山崛起于波涛之上，在接近山顶的位置，一座建筑林立的巍峨城池刚好被橙红的霞光照亮。

"那……那是……"我惊讶得说不出完整的话。

九·鹰瞳却似乎比我还震惊十倍,大睁眼睛,一动不动,急促地喘息着,胸口剧烈地起伏,整个人都激动得发抖。

"大人,你——"

"鹿尾,"她终于梦呓般地说,"快告诉我这不是濒死的幻觉,那里的确有一座山,山上有一座城。"

"大人,我看到了那座城。这不是幻觉。可那儿到底是哪里?"

九·鹰瞳又呆坐了很久,才缓缓吐出几个字:"我的……故乡……"

残卷之七·返乡

我们就这样登陆了,沉浸在绝处逢生的喜悦里。这里可以食用的东西太多了。我们在一条小溪边痛饮,狼吞虎咽地吃着随处可见的海龟蛋和鱼虾。饱餐一顿之后,我们又感到身上脏得无法忍受,于是穿着衣服跳进清溪,舒舒服服地沐浴了一番。

当我们从水中出来,看到对方时,才发现犯了一个错误,我们身上仅存的衣袍在湿透之后紧紧贴在了身上。就这样,我看到了世界上最美的胴体,宛如纯洁的月神伊希齐。

九·鹰瞳的脸变红了,我还是第一次见到她害羞。我急忙转过头去,但满脑子都是九·鹰瞳迷人的身段,只觉得口干舌燥,心里波涛起伏。不知过了多久，九·鹰瞳的声音在我背后幽幽响起："鹿尾，你在想什么？"

"大——大人，"我好不容易才捡起一个话题，"你刚才说这里是你的故乡，是什么意思？"

"瓦里，"九·鹰瞳说，"那座城市叫瓦里，是我的母邦。我本该在这里终老一生，但一个远道而来的玛雅人改变了我的命运……"

当年，十六·龟壳的球体理论被十八·天鳄嘲讽得一文不值，也成了天象祭司间的笑柄。为了证明自己，十六·龟壳离开迦安，在崎岖艰险的南部雨林中跋涉了三个多月，几次差点死在豹虎、鳄鱼或毒蜂的攻击之下，最后才抵达这片南方大陆。他如愿以偿地看到了自己寻觅的南天极，也惊讶地发现这里有一些与玛雅完全不同的繁荣城邦，其中最大的一座建立在海边的山巅上，称为瓦里。

瓦里人对外来者不太友善，何况十六·龟壳完全不懂这里的语言，他很快被抓获，送到国王面前，准备献祭给太阳神。但国王看出他并不是一般的野蛮人，对他很感兴趣，便把他留下了。后来，聪明的十六·龟壳学会了当地的语言，自称太阳神的祭司，还预言了一次日食，瓦里王越发尊敬他，把他送到了太阳神庙里当祭司。

虽然瓦里也有高大的巨石建筑和精美的黄金饰品，但天象知识还不及玛雅人。他们唯一的观测对象就是太阳，被他们视为统治天地的主神，"印蒂"，而对其他天体都不感兴趣。但关于太阳，他们仅有的知识也不过是春分和秋分。他们甚至没有文字，而用绳结记

算法

事。十六·龟壳想要把玛雅天象学教授给当地人，让他们了解天体运行的规律和日、月食的原理，但本地的巫祝十分憎恨他的学问，认为是亵渎太阳神的异端，威胁要杀死他。两年后，庇护他的老国王死了，十六·龟壳无法容身，只得再次跋涉千里，回到迦安。

但他并非一个人回去的，身边还带着一个女孩，名叫奇卡·库斯科。

齐卡·库斯科是在太阳神庙服侍印蒂神的贞女。她从小就离开自己的部族，嫁给了太阳神。为了解太阳运行的基本法则，她和其他贞女奉王命跟着十六·龟壳学习天象历法，其他少女大都浅尝辄止，但奇卡却越学越深。十六·龟壳发现小奇卡不仅具有鹰一样的双眼——能看到星空的隐微细节，也拥有过人的智慧和对真理的渴求——对玛雅天象学学得飞快。十六·龟壳认为把她留在太阳神庙只会埋没其才华，所以也带着她逃出瓦里，一同北返。这是十六·龟壳的疯狂之举，对瓦里人来说，诱拐服侍太阳神的贞女是绝对的死罪。

十六·龟壳侥幸成功逃脱，他不仅带着奇卡回到了迦安，还给她起名为九·鹰瞳，把她培养成了玛雅世界的一代天象大师。但想不到十二年后，当年的太阳贞女又被命运送回了家乡。

"想不到我还能回到家乡，"九·鹰瞳陷入了回忆，"父母在我还很小的时候就已去世了，不过几个哥哥应该还在老家山谷里放牧，伯父应该还在宫廷里打造金器……我唯一的姐姐也是太阳神庙的贞女,不知道有没有因为我受到牵连,那时候我还不懂事,后来我一直记挂着她……我要回去看她!"

"可是大人,"我忍不住说,"既然你是从太阳神庙逃走的,回到瓦里会不会有危险?"

九·鹰瞳嫣然一笑:"我离开瓦里的时候还是一个孩子,现在已经二十多岁了,就是熟人也很难认出来,姐姐是我最亲的人,绝不会出卖我,我们明天进城看看吧。"

我们在海边的岩洞里住了一晚,第二天九·鹰瞳开始咳嗽发热,一定是因为前一阵子我们在海上风吹日晒的缘故,但她兴致很高,坚持要上路。瓦里人修建了从山上到海边的平整石路,石块间严丝合缝的程度连玛雅人都自愧不如。我赞叹不已,问是谁修建的。

"据说是三百年前的开国先王修建了这些道路,这条还不算什么,最远的能通向南方的千里之外。小时候,我家门口就有一条路,蜿蜒着可以进入山脉中部终年不化的雪山。我当时特别好奇雪山里都有些什么……你不知道什么是雪?雪就是……一种寒冷的水凝成的粉末,洁白无比……唉,真没办法跟你说明白……"九·鹰瞳兴致勃勃地说着,像一只叽叽喳喳的咬鹃鸟,和从前的神秘严厉判若两人。现在的她,仿佛回到了自己的童年,露出孩子一样的童真模样。也许这才是迦安魔女的本来面目吧。

"我们家里养了很多羊驼……什么?你也不知道羊驼是什么?难怪,玛雅根本没有这种动物。它有点儿像鹿,但是没有角,脖子很

算 法

长,身上长着厚厚的一层卷毛,我们就用它们的毛纺织成衣服和裙子……对了,羊驼还是一种温顺听话的动物,小孩子可以骑着它,它也能够帮我们驮负重物上山。当我父亲放牧的时候,几百头雪白的羊驼,就像天上的白云一样——"

我正听得出神,她的声音却戛然而止,我发觉不对劲,向前望去,看到一具骸骨倒卧在前方的路上,那人已经死了很久,被野兽啃得尸骨不全。它身上或许就穿着九·鹰瞳刚描绘过的羊驼毛衣,只是已经破烂不堪。

"怎么会这样?"九·鹰瞳皱起眉头,"按照国王的法令,沿途各部族有义务维持道路的清洁和治安。"

这时候,我才想起一件蹊跷的事——从我们上路到现在,还没有见过一个人。我向前望去,前面有些破败的建筑,但仍然看不到人影。九·鹰瞳也感到了不对劲儿,她不再说话,而是默默攀登,体力看上去越发不支。我几次劝她休息,她都不听。沿途看到寥寥几个人影,看到我们后,不是远远跑开,就是发出威胁的吼声,逼我们迅速离去。这里不像是有国家和秩序存在的地方。

终于,出现了一个看上去无害的本地人,一个年纪不大、皮肤黝黑的少年,背着一个筐,正在路边采摘野菜,看到我们有些吃惊,撒腿逃开了几步。九·鹰瞳忙用母语叫住他。他们隔空问答了几句,然后走近了几步,密切地交谈着。我当然一个字也听不懂,只听到那少年咬牙切齿地重复着一个词"提亚瓦纳科",那是什么?

九·鹰瞳的脸色也越发惨白。

"大人，怎么回事？"少年走开后，我问道。

"瓦里……瓦里……"九·鹰瞳晃了晃，眼看又要晕倒，我忙扶她坐在石阶上。她喘了几口气才接着说："瓦里完了，三年前，从南方高原的提亚瓦纳科来的强盗毁了它。那里的居民不是被杀就是被……被掳走……"

她说不下去了，失魂落魄地坐在那里。我也没有再问。无论在哪片大陆上，战争和杀戮总是大同小异。

"大人，"我过了一阵才想到现实的问题，"那我们还去吗？"

"我要去，"九·鹰瞳挣扎着起身，"姐姐也许还在那里，也许……我总要去看看的。"

日落时分，我们终于抵达了那座远望如梦幻般美丽的山城。瓦里的建筑全都由石头砌成，上面统一涂着白色的颜料，比五颜六色的玛雅城邦素雅得多，走在那里，仿佛走在云中。但此时，整座城邦显然已经经历洗劫，也许还不止一次，空荡荡的大道两旁都是破败的建筑，遍地都是骷髅和腐烂的尸体。行人寥寥无几，对这种场景，我并不陌生，这正是穆都的悲惨命运，如今竟也发生在九·鹰瞳的故乡。

九·鹰瞳失魂落魄地向前跑去，在石头巷子间穿行，最后拐进了一个宽大的庭院，那个院子正对着一个气势磅礴的庙宇，中心有一个立起来的巨大石轮，上面雕刻着类似人面的巨像，旁边的空地

算　法

上刻着一圈圈工整的凹痕，上面还有许多小的石轮，似乎摆放成了特定的样式。这里显然也经历过劫掠，地上还散落着很多陶器和玉器的碎片。

九·鹰瞳怔怔地在那里站了很久，两行泪水从她清澈的眼睛里潸潸而下。我过了很久才敢开口："大人，这里是……"

"太阳神庙……这是我曾住过好多年的太阳神庙……"九·鹰瞳木然说道，"过去，这些庙宇顶上，还有太阳巨像上，都覆盖着数不清的织锦、黄金和宝石，如今……如今什么都没有剩下。"

这时，一个伛偻的老妇像老鼠一样从一座倾塌的建筑后露出头，打量着我们。我微微一惊，碰了一下九·鹰瞳的手肘，她才抬起头，看到了那老妇，最初愣了一下，然后眼睛一亮，仿佛是遇到了熟人，发出惊喜的低呼："瓦莎！"

她们热烈地交谈起来，老妇一边说，一边哭泣，九·鹰瞳却还保持着镇定。但最后，不知她说到了什么，九·鹰瞳晃了一下，晕倒在地。

我忙过去抱起了她，在老妇的比画指引下，将九·鹰瞳抬进了附近的一间石屋。我发现她的额头烫得吓人，老妇熬了一种奇臭无比的汤药，让我撬开她的嘴，逼她喝下去，直到第二天她才能睁开眼睛，第三天才可以正常说话。

九·鹰瞳告诉我，老妇名叫瓦莎，以前也是太阳神庙的贞女，照看过她们姐妹。瓦莎嬷嬷在神庙里已经待了六十多年，早已举目无亲，城破后也无处可去，只好留在这里。好在附近的零星居民里还有一些虔诚的信徒，偶尔给她送一些生活补给。

瓦莎嬷嬷告诉九·鹰瞳她姐姐的下落。不过在她姐姐身上到底发生了什么，九·鹰瞳一直没有告诉我，只是说了一句："她死了。"但从她的悲愤中不难看出，她姐姐绝不会比我阿妈和小妹幸运多少。

这件事仿佛是一个转折点：我们的仇怨仍然存在，但如今她尝到了和我一样的痛苦，我似乎已经复了仇。虽然仇恨本身牢不可解，但某种人类共同的情感在更深的地方将我们联系起来。

在瓦莎嬷嬷和我的照料下，九·鹰瞳终于退烧了，从死神的手中逃脱。但她姐姐的惨死对她的打击仍然没有消退。她经常长时间地不说话，抱膝坐在太阳神庙的巨柱前，沉浸在甜蜜又辛酸的回忆中。

"鹿尾，"那天，我端了一碗草药过去，她头也不回地说，"告诉我，以前我是不是做错了？"

我不知怎么回答，她幽幽地接着说："为了实现老师的遗愿，参透天象的奥秘，我用自己的天象知识帮助迦安征服了许多城邦，对迦安兵士的烧杀抢掠也漠不关心。现在回想，我不知道造成了多少惨剧，特别是在穆都……你恨我吗？"

"我恨……"我心一软，却又改口，"我恨过你。"

"你现在不恨了吗？"

算 法

"我不知道,"我惘然道,"迦安和穆都的战争并非自你而起,远古有战争,未来还会有战争,也许这一切都是宿命,天上的日月诸星,它们的交错运行已经注定了人间所发生的一切。"

"你真的相信吗?"九·鹰瞳的声音中透露出我从未听过的绝望,"我越研究天象学,就越肯定,天象变化与下界的事没有任何关系。高高在上的诸神,它们只是按照自身永恒的规律精确不移地往来穿梭,对下界的一切都毫不关心。甚至那些神是什么、叫什么,玛雅人和瓦里人也各有各的说法,不知道谁对谁错——也许都是错的。天象祭司所做的只是欺骗愚人,为世间的血腥与肮脏戴上神圣的冠冕。"

我惊诧于这些话从她口中说出来,虽然我自己也不是没有过这些离经叛道的思想,但此刻不是思考这些问题的时候,我安慰她:"不管怎么说,大人,您掌握了诸天和星辰运行的奥秘,查明了大地的形体,这些成就可以傲视整个文明世界,就是众神也会侧目。"

"呵呵……"九·鹰瞳自嘲地笑了起来,"这是自欺欺人。诸天的奥秘?人类愚钝的灵魂只能了解其中最粗浅的一部分,连皮毛都算不上。天球为什么转动?游星为什么会逆行?上界之雨何以发生?还有扫过星空的羽蛇,它从何而来,又消失到哪里去了?这些我已经观照了很多年,但从未看明白。我的灵魂之眼短浅得如同鼠目,就算吃一百只通灵菇也看不透。"

我想告诉她,她的聪明才智已经胜过我百倍。但对天赋异禀的九·鹰瞳来说,胜过我这个虫豸一样的人又有何意义?我们都沉默了一会儿,九·鹰瞳深深叹了一口气,突兀地说:"鹿尾,我不想回迦安了。"

我一惊:"大人……"

"我既不能解开星象的奥秘,也不想再为虎爪王的战争服务,还当天象祭司干什么?"九·鹰瞳声音消沉,抚摸着身旁一块残缺的浮雕,"我就留在这里,留在我姐姐的遗骨旁边,和瓦莎嬷嬷住在一起吧。鹿尾,如果你想回迦安的话,我可以告诉你回去的路线——"

我感到一阵恐慌,九·鹰瞳要留在这里,这怎么可以!如果她走了,那么我一个人回迦安还有什么意义?难道让我为迦安人服务,或去找大哥一起隐居?这样活下去的我,还有什么意义呢?

我发现了一个荒谬的现实,过了这么多年,我的人生已经和九·鹰瞳捆绑在了一起。无论是跟着她学习,还是想要杀死她,都少不了她的存在。离开了她,我的人生就毫无意义。我甚至开始怀念过去那些爱恨交织的日子,哪怕在那时候,我也有凄楚和甜蜜。

那么,我能够追随九·鹰瞳,作为普通的男人和女人留在这里吗?也许这是一个对大家都好的选择,我甚至可以和她……不,不可以!阿爸和阿妈,二哥和小妹,还有千千万万穆都人的亡魂都在看着我,我不能背弃他们,我的灵魂永远无法平静。而九·鹰瞳也不会,这是让鹰隼过一只火鸡的生活。

"你不能放弃天象学!"我脱口而出。

算 法

"什么?"她回头看着我。

"大人,天象学就是你的生命,没有人比我更了解这一点,是你带着我的灵魂在宇宙树的顶上高翔,也赋予我新生。那些凝望浩瀚星空的沉醉,那些探索古天象记录的惊喜,那些灵魂之眼看到的奇景……你难道能甘心离开这一切,离开最接近诸神的峰巅,甘心去当一个终日编织羊驼毛的农妇?"

九·鹰瞳怔怔地看着我,仿佛第一次认识我似的。

"到时候你会后悔的,"我接着说,"每一次你望见海上星空的时候,每一次你看到月亮升起的时候,每一次流星掠过你头顶的时候,你都会后悔,后悔自己错过了一个更美好的世界,后悔钻进了地下的洞穴而放弃了通往天空的道路;而继续探索,哪怕最后你找不到答案,对宇宙万象的本质仍然一无所知,你也是死于飞翔,你的灵魂必将升腾入上界,成为滋养宇宙树的灵食,融入到天体运行的大化中。"

九·鹰瞳久久不语,最后说道:"可是我……我很彷徨,我不想再拿天象学去服务于虎爪王的战争野心了,我该怎么办?"

"大人,虎爪王很敬畏你,在他心目中你能够和上界诸神通灵。你不愿意做的事,他不敢逼迫你。何况如今也没有太多的战争了,今天的玛雅列邦几乎都已臣服于迦安。即便还有战争,你可以利用你的地位去影响虎爪王,去劝阻他的杀戮。"

九·鹰瞳沉默不语。她起身,在寥落的庭院中踱步,我跟在她身后。瓦里太阳神的残缺巨像肃穆地凝视着我们。

"我不知道,"她幽幽地说,"即使虎爪王胜利,又能维持多久呢?也许迦安的命运会和瓦里一样。我还记得当年被选为贞女送进这座神庙的时候,太阳神的石像被数不清的黄金和白银装饰着,在阳光下熠熠生辉。周围堆放着鲜花,五大游星的石像上也镶嵌着美丽的宝石和碧玉,轨道上系挂着鲜艳的彩带,少女们穿着明丽的衣裳,载歌载舞……如今这里剩下的只有一堆石头……只有几个老嬷嬷还留在这里……"

我知道她说的是事实,却有意岔开话题:"大人,你是说,那几个小石球就是五大游星?那些围绕着太阳神的凹痕圈就是它们的路径?"

"是的,"九·鹰瞳说,"我们瓦里人非常崇拜太阳,有一个荒唐的神话,说五颗游星是太阳的五个儿子,它们围绕着太阳舞蹈,所以建造了这样一组模拟星体的神像。"

"难道瓦里人连游星围绕地球运动的会合周期都不知道?"我问,这是玛雅天象学里最基本的常识。

"不知道,瓦里几乎没有什么天象学,一切都是神话想象。他们主观地认为太阳最伟大,所以一切都围绕着它运转,尽管随便往天上一看就知道,众星都是绕着大地的——"

她说了一半忽然停下了,半张着嘴,瞪视着瓦里太阳神那漠然的巨脸,神色非常诡异。然后,她的眉头慢慢地皱了起来,好像在

算　法

竭力捕捉一个飘忽不定的念头。

"大人，你——"

九·鹰瞳做了一个手势，让我不要打扰她。这是她思考时惯用的姿势，我乖乖地闭嘴了。

她开始绕着太阳神像踱步，一圈又一圈，仿佛也变成了一颗游星，口中喃喃自语着什么，我一个字也听不清，但我预感到，那将是一个了不起的发现。

不知过了多久，终于，九·鹰瞳结束了踱步，向我走来。

"我们要回迦安去。"她说道，语气不容商量，"马上。"

"啊？为什么忽然——"

"我有一个新的想法，"九·鹰瞳说，她又恢复了一向的冷峻，"可能是一个荒诞的念头，但是……我需要天象记录研究。"

看到以前的九·鹰瞳又回来了，我心中也是五味杂陈："是的，人人。"

"你说的很对，鹿尾，"我看到九·鹰瞳的眼神中再次燃烧着炙热的火焰，"自从离开瓦里，追随老师的那一刻起，一切已经注定，我已经没有故乡了，群星之间才是我的故乡。"

残卷之八·彷徨

我们一路沿着海岸线北返，既可以避开危险的丛林地带，也方便找到果腹的食物。自然，这条漫长崎岖的道路仍然是危险丛生，我们时而被悬崖隔断去路，时而又被食人部落追赶。但时间一天天过去，北极星重新升起在地平线上，越来越高。终于，八十天后，我们又一次见到了矗立天际的玛雅金字塔。

这回，我们小心地绕过科潘人的领地，找到了迦安人驻扎在附近的兵营，当地的将领正是以前释放大哥的那位。他发现迦安的天象大祭司和她的助手居然像野人一样蓬头垢面地出现在自己面前，惊喜万分。他忙为我们奉上了新的衣服，送上可口的食物，然后派人把我们护送回了迦安。

这次南行，迦安的天象大祭司失踪，其他许多祭司也魂归下界，迦安人在星象占筮方面立刻处于很不利的地位，无法再掌握开战的吉利时机，很多敌对势力听到风声后正在蠢蠢欲动。九·鹰瞳安然归来，对虎爪王来说真是喜从天降。他询问事情的经过，我们并不想报复十五·毒蛙，但在虎爪王的盘问下终究难以隐瞒真相。四十天后，迦安军捣毁了科潘，十五·毒蛙白发苍苍的脑袋和他十七个儿孙一起被送到了虎爪王的御座前。

随着科潘的覆灭，虎爪王基本统一了玛雅列邦，但他发现了新的威胁。近年来，一个绰号叫"北风之牙"的托尔特克酋长统一了托尔特克各部，并在西北袭扰玛雅的边境。虎爪王打算给托尔特克人一个教训，将迦安的霸权拓展到北方河谷地带。他要九·鹰瞳为他选定开战的吉日。九·鹰瞳却对这样的事越来越抵触，她告诉虎

算 法

爪王，之前的星象理论不够精确，自己正在为他进行天象学中一项最为重要的探索，如果能够成功，宇宙都会尽在掌握，虎爪王将建立有史以来最伟大的功业，胜过征服整个世界。虎爪王将信将疑，但对她一直敬畏有加，只好放任她去研究。

九·鹰瞳的确在废寝忘食地工作。白天，她埋首于堆积如山的树皮或鹿皮纸的档案中；夜里，她仰头望着星空，不知在想什么。为了能够用灵魂之眼看到她想看到的东西，她不知服用过几次通灵菇，脸色也越来越苍白。虽然我一直在帮助她整理各种资料，对第十纪元以来的星象变动了如指掌，但我还是不知道她究竟在干什么，问她她也不回答，只说还没有完全确定。

但有一次，她却主动说了。

"太阳！"她放下芦苇笔，向后一仰，伸了个懒腰，叹道，"它就是这个宇宙最根本的奥秘！多么讽刺啊，玛雅人研究了上千年的天象却始终没有猜透，而对天象学一窍不通的瓦里人居然歪打正着。"

"大人，你是说五大游星真的是绕着太阳转动的？可是它们看上去明明是围绕大地转动啊？"

"我们一般会认为，它们随着天球运转，并一起围绕大地转动，同时自身又有围绕大地运动的路径，在星空间时进时退，复杂繁乱得好似解不开的线团，每一个天象祭司都只能硬背下这些规律。虽然我们对于游星的运行路径掌握得很精确，但这后面似乎始终有某种更根本的东西难以参透。我的老师当年猜测，它们在进行一种大圆套小圆的运动，但也不能解决问题。老师临终时告诉我，他的猜测大概无法成立，嘱托我找到正确的方向，可我也一直没有进展。

"但如果游星都围绕着太阳转动，而太阳又围绕大地转动，很多问题就迎刃而解了，比如玛雅人奉为神圣数字的游星会合周期，就是它们围绕太阳转动的周期和太阳围绕大地转动的周期——也就是一个哈布年——的倒数之差的倒数……"

我似懂非懂，但我感觉这可能是正确的。"大人，那您能够用灵魂之眼看到游星的真实运动吗？"

"很难，灵魂之眼的视角必须在大地和太阳之间跳跃，甚至假设自己从太阳的角度来观照群星。我练习了很多次，只能看到一些端倪，仿佛站在雾气弥漫的沼泽中，很多东西都看不清楚……不过，我也看到了一些从前完全没有见过的景象，似乎……"

九·鹰瞳欲言又止，似乎有什么顾虑。但在我好奇询问的目光下，她还是说了："也许围绕太阳运动的不只是五大游星，还有……羽蛇。"

"羽蛇？"

"羽蛇。"九·鹰瞳见我不明白，又解释道，"羽蛇神库库尔坎，虽然有许许多多千变万化的形态和化身，但我想就天象学的本体来说，是——一类天体，就像游星一样。"

算法

我惊讶极了:"库库尔坎不是只有一个吗?就像太阳和月亮一样?"

"并非如此,"九·鹰瞳起身,做了一个否定的手势,"因为神话的缘故,玛雅人总是认为羽蛇是一位大神,其本体是如太阳、月亮一样独一无二的天体。它有时候隔一两年就出来一次,有时候又几十年不见踪影,有时候小得几乎看不见,有时候又巨大得横贯天空,它的每一次出现、移动和隐没都代表不同的吉凶……这个根深蒂固的错觉阻碍了玛雅人认清羽蛇的本来面目,甚至包括我睿智的老师……但当我站在太阳的角度用灵魂之眼观察时,却发现羽蛇来来去去,像游星一样围绕着太阳,它们运行的周期长达几十年甚至几百年,而且彼此差别很大。只是因为很少同时出现,才被当成是同一个天体,同一位神。"

这令我瞠目结舌。羽蛇不止一个,这相当于说每天出来的太阳是一个全然不同的新太阳,这怎么可能呢?但九·鹰瞳言之凿凿,也由不得我不信。

"那么,"我想了想又问,"究竟有多少羽蛇存在?"

"具体的很难说,但直觉上至少有数十,也许数百个。"

我倒抽一口冷气:"这么多!"

"也许更多,像天上的定星一样多,只是我们能看到的太少了。"

"大人,如果你是对的,那么不同的羽蛇就会像不同的游星那样,在星空有不同的路径。但同一位羽蛇,即使在相隔数百年后出现,也会有相同的路径,那么我们应该能找到相关的记录吧?"

"应该是这样,但没有那么简单,既然羽蛇的出现是朝拜太阳,那么还要加上太阳运行的因素……不管怎么说,我已经找到了四组相似的羽蛇记录,间隔的时间长度也近似,但是迦安的天象记录还不到一个纪元,早期记录又过于简略,所以还不能完全确定。"

"可惜,穆都的记录已经被毁灭了。"我也感到遗憾,"其他城邦大概还不如迦安,也许整个玛雅地区都没有可以印证的记录。"

九·鹰瞳叹息道:"根据那几组记录,相似羽蛇的回归最快也得在二十年后,而且光误差就有两三年,实在很难验证。这个问题目前没法解决,我们还是先回到游星的问题上吧。鹿尾,我需要你用灵魂之眼帮我察看一下,看能不能看到游星围绕太阳的运动。"

我又和九·鹰瞳讨论了很久,第二天早上才回到自己简陋的住所,满心都装着九·鹰瞳揭示的宇宙奇景,心神恍惚,对周围的一切也就没有留意。但推开了陋室的门,我却发现好几个陌生人站在门后,我吓了一跳,向后闪跃,正要掏出匕首,却被一只有力的手抓住了手腕:"小弟,是我!"

我在低垂的头巾下认出了大哥十·鹿角的面容,顿时又惊又喜:"大哥,你怎么回迦安了!"自从上次把他送入前往东方半岛的商队,我已经一年多没有见到他了。这回,他看上去健壮了很多,恢复了以前的生气。

算 法

"当然是来看你了!"大哥用力地拥抱了我,但我越过他肩头,看到那几个陌生人又感奇怪,他们是谁,大哥的同伴?

一个满脸皱纹的老者从房间角落的阴影中走出来,对我点了点头,看上去很面熟。过了一会儿,我才猛然想起在哪里见过他。

"十……十八·天鳄?!"

"你好,鹿尾,"前穆都的天象大祭司点了点头,"鹿角劝我不要来,不过,我想我应该来亲自见你一趟。"

"羽蛇神庇佑,"大哥拍着我的肩膀,"天鳄大人幸免于难,蜥蜴火王的幼子十四·火树王子也逃出生天,不甘为奴隶的穆都好汉在东南雨林中集结,刚刚被摧毁家园的科潘人打算加入我们,托尔特克蛮王的使者也在和我们秘密接洽,这回迦安的星辰终于要陨落了!"

"你们要反叛迦安?"

"混账话,什么叫反叛!"另一个武士呵斥道,"推翻迦安、重振穆都乃是羽蛇神的意志!"

"不要无礼!"十八·天鳄斥责他,"鹿尾只是潜伏在迦安人中太久,但他对穆都的忠心无可置疑,他身上流着穆都人的血,是我们最勇敢忠诚的朋友。"

我苦笑一下:"天鳄大人,那我能做什么?"

"当然是杀死那个迦安的魔女,"大哥殷勤地拉着我坐在草席上说,"我们听说她死在了科潘的深山里,想不到竟然又回到迦安来了。她的邪恶力量是穆都复兴的最大障碍，许多城邦因为她的存在而畏首畏尾，她必须被除掉。"

"我……"事到如今，我已经不是昔日的我，"大哥，我……很难下手……"

"我知道这很难，"大哥误解了我的意思，"但你应该能找到恰当的机会。放心，我们不是要牺牲你，天鳄大人的计划是让你诱出她来，由我们的武士干掉她。到时候你说不定就能成为迦安的天象大祭司，这对我们更加有利。"

我摇头道："大哥，九·鹰瞳正在进行一项重要的天象学研究，可能会改变我们对整个宇宙的认识，这时候我不能……"

"你在胡说什么！"大哥很不高兴，"什么见鬼的研究！你这么卖力地为她做事，还记得我们家的血海深仇吗？"

"鹿角，让他说完。"十八·天鳄却和善地道，"我也有兴趣知道，迦安的天象大祭司究竟在钻研什么。"

我告诉了他九·鹰瞳对太阳、游星和羽蛇的研究。因为十八·天鳄也是天象学大家，我没有含糊其辞，而是一五一十地说了出来。大哥等人如听天书，不知所云，十八·天鳄却认真地听完了。我以为他会否定九·鹰瞳的理论，但他却神色郑重地点点头。

"你说得对，"他说，"这是可以改变整个玛雅天象学的大事，我们不能阻碍，相反地应该帮助她。"

"大人！"大哥等人不满地抗议。

算 法

十八·天鳄示意他们安静:"羽蛇是穆都的守护神,穆都人的一切成败都依赖对羽蛇的祭祀。上一次战争的失败,原因也在这里。现在还有很多穆都人认为,羽蛇已经被宇宙深渊吞噬了,所以一直灰心丧气。如果能够预测出羽蛇回归的日期,那么我们在羽蛇的光耀下发动进攻,会比增添十万大军还有用!但如果没有预测,即便碰巧遇到羽蛇的回归,也可能来不及起事,反而会引起慌乱,重蹈上次的覆辙。"

"可是刚才鹿尾也说了,她的研究障碍重重,也许再过几十年也不一定能发现什么,难道让穆都人等上几十年吗?"大哥问道。

"所以我们应该帮助她。"十八·天鳄说道。

"怎么帮助?"我也越来越好奇了,难道天鳄想要辅佐九·鹰瞳进行研究?

十八·天鳄老谋深算地笑了,脸上的皱纹变得更深:"那个魔女指责我焚毁了穆都从特奥蒂华坎得来的千年天象记录,不错,确有其事。但她不知道,我固然不想让它们落到迦安手里,但也并没有毁掉这些记录。"

"您的意思是……"我琢磨了一下,"那些记录还有其他抄本?"

"没有其他抄本,"十八·天鳄摇头道,"但还有原本,原本一直藏在特奥蒂华坎的羽蛇金字塔里,三百年前的天象祭司只是抄录了一份带回了穆都而已。"

"可是九·鹰瞳说,她曾经几次派人去特奥蒂华坎搜寻,但一无所获。"

"特奥蒂华坎最核心的机密当然不会那么容易找到。当年我也是在查找一份古天象记录时才偶然在王室档案中意外地发现了它们。那是在一间密室里,搬开一块大石头才能进去。每年春分和秋分的正午,阳光的投射会在羽蛇金字塔上形成一条巨蛇的影子,宛如羽蛇来到人间。而密室的入口,就在蛇头和尾中间的位置……"

十八·天鳄详细地告诉了我进入密室的方法,我又惊又喜。但他忽然面色一沉:"我跟你说这些,都是为了穆都,在九·鹰瞳预测出羽蛇回归的日期后,你必须除掉她。如果我们的计划被迦安人知晓,那一切就都白费了,你明白吗?"

"我……"我努力点点头,"当然,我明白。"

"鹿尾,"大哥阴沉着脸说,"不要忘记母亲和妹妹是怎么死的。记住,她们的肉体被玷污,灵魂迄今还在下界的黑暗中哭泣。"

这话让我感到自己的胸膛如被豹虎的利爪剖开了一般,心脏也被划成了两半。众神啊,一个人的心怎能分成两半,还能在这世间喘气?

残卷之九·发现

九·鹰瞳和我坐在两顶步辇上,分别被八名兵士抬着进入亡灵大道。虽然前后左右有两千人之多,但我仍然觉得自己极其渺小,

算 法

比起穆都或迦安来,这座古城宽广得如同海洋,两旁的金字塔像海上的波涛一般起伏。更多的石柱和庙宇隐没于郁郁葱葱的龙舌兰和仙人掌之间,各个角落,数不清的神灵与怪兽的雕像瞪视着我们这一批外来者,它们仿佛是这座城市真正的主人,对我们的打扰充满厌恶。

特奥蒂华坎,据说是众神创造世界的地方,也是文明世界最古老的城邦。在玛雅诸城邦还处于蛮荒时代时,它已经雄起于西北高原,历经不知多少次兴起和衰落,如今虽然已是无人居住的空城,仍巍然屹立。近二三百年来,每一次玛雅城邦的称霸,都以夺得特奥蒂华坎为荣。如今这里当然属于迦安。但西北的托尔特克蛮族近年来日益强大,北风之牙野心勃勃,也对特奥蒂华坎虎视眈眈,去年,迦安军艰难地打退了托尔特克人的一次进攻。

所以,这一次的特奥蒂华坎之行,虎爪王有鉴于上次在科潘的教训,派遣了一支两千人的大军护送九·鹰瞳和我们一起前来。附近的迦安驻军和同盟部族还有万人之多,任何人都无法再突施奇袭。但我却心中惴惴,我对九·鹰瞳说是从一个北方商人那里辗转打听到特奥蒂华坎还有一间藏有天象记录的密室,表示说可以先去查找一下,她却坚亲自来不可,如此劳师动众,如果什么都没找到,我这欺罔之罪足以砍头一百次。我只希望十八·天鳄没有骗我。

我们的队伍来到了羽蛇金字塔前,一座羽蛇的巨大头像头角狰狞地卧在塔前。我们对它匍匐行礼,潜心祭祀,请求羽蛇神原宥我们即将进行的冒犯，然后登上金字塔。此时已是午后，九·鹰瞳站在台阶上，一边观察着天空中太阳的方位，一边缓缓挪动脚步。

我忍不住提醒她："大人，那个商人说春分和秋分正午时的羽蛇之影才能指到密室入口的位置。可是现在秋分早已过去，离春分还早，这怎么能看出来？"

"如果我是你就不会提这样的问题，"九·鹰瞳斥责道，眉眼间却带着笑意，"春分和秋分正午时的太阳位置的高低，在金字塔间造成的光影长短，我都看到了，不是用这双眼睛。"她指了指自己的心口，"而是用灵魂之眼。"

她说着又往上走了几步，指着一块看上去毫无异状的石头说："没错了，应该在这里。"

两个兵士上前去撬那块石块，但石头似乎与金字塔融为了一体，怎么撬都纹丝不动。我不禁有些怀疑她的判断，九·鹰瞳又叫来了两个兵士，四个人一起用力，石头开始缓慢地挪动。果然九·鹰瞳又对了，巨石后渐渐露出一个阴森森的洞口，一股陈腐污浊的气息扑面而来。我的心打鼓般地狂跳起来。

待腐败的气味散去，九·鹰瞳就要进入密道，我拉住她，说最好让几个兵士先下去探探。于是我们派了两个小卒下去，他们过了好一阵子才回来，说密道通向地下深处，是一个很大的石室，里面有许多壁画，似乎并没有什么机关陷阱。

于是我和九·鹰瞳点着火把，钻进黑洞洞的甬道。这条通道斜

算法

斜向下,只能容一个人弯腰进去,非常难行,我们至少下行了几百步才到达小兵说的石室。虽然听他们描述过,但见到的情景还是让我们难以置信:那不是一个小小的密室,而是一座宏伟的圆形大厅,方圆有上百步,高高拱起的穹顶上描绘着宇宙树和数百个星座的图案,宛如一个小小的地下宇宙。

穹顶和墙壁的连接处,一条活灵活现的羽蛇围成了一个圈,正好咬住了自己的尾巴。羽蛇下是连在一起的壁画长卷,画的都是一些神话中的场景,远古神祇们巨大狰狞的头颅和身躯在火光中闪动,随时都会活过来似的。壁画的下面是密密麻麻的文字,字符小如蚂蚁,体量少说也超过一百卷。其中很多字符我都不认识,应该是特奥蒂华坎人的古文,还好表示时间和天体的词汇和玛雅文大致相同——我想,玛雅文本身或许就传承自他们——而铭文的内容正是我们苦苦寻觅的古天象记录。

"原来如此……"九·鹰瞳却看得懂更多的文字,喃喃道。

"那上面说什么,大人?"

"这里说,特奥蒂华坎并不是历史上最古老的城邦,它始建于一千五百年前,但在这之前有一个叫作奥尔梅克的民族已经兴盛了千年以上。奥尔梅克人衰落之后,特奥蒂华坎继承了他们的文明,也抄录了他们的天象记录,这意味着我们有了将近两千五百年的天象记录!这是比任何宝藏都重要的财富……"

我们兴奋地浏览着这些刻在石头上的跨越无数世代的天象画卷,

天象祭司

其中许多奇景我们见所未见、闻所未闻：第十纪元初，太阳上出现了醒目的暗影，导致了接连三年的异常气候与饥荒；第九纪元中叶，一颗星星在南天忽然亮起，超过明月，令夜晚犹如白昼；第八纪元末，星殒如雨，数百颗星星从天而降，落在地上化为石头和铁块；第七纪元……

我们聚精会神地读着这些珍贵的壁书，却渐渐感觉呼吸不畅，越来越喘不过气。原来有十几个兵士跟着我们下来了，也手执火把，好奇地东看西看，这里的空气本就流通不畅，这么多人跟进来很快就让空气更加稀薄了。九·鹰瞳便令其他人出去，只留下我们二人，才好过一些。

此后几天，我们基本都待在这间地下大厅里，中间很少上去，只是让人送进食物、睡垫等物品。因为这次要研究羽蛇这样包容诸多禁忌的天象，加上有造诣的天象祭司在科潘山中死了一大半，所以九·鹰瞳没有带其他天象祭司来，我们二人以为按一般铭文的规格，花几天时间已能抄录主要内容，但现在看来，就算待上半年也未必能抄完。而那些兵士虽然人数众多，却根本不会写字。所以我们不得不改变主意，一边将这些壁书中和羽蛇相关的内容挑出来就地研究，一边派人送信给虎爪王，请求他再加派二十名书吏，等他们到来时，我们就可以将这些文献全部仔细抄录完成并带回迦安，不用留在特奥蒂华坎了。

事实上，仅就羽蛇方面的记录，就有近千条之多。早期几百年

算法

的纪录比较简略，大概出自奥尔梅克人的手笔，但近一千多年来，羽蛇每次出现的精确日期、时辰、方位、大小、亮度和移动的速度、消失的时间都有细致的记载。一个天象祭司完全可以用灵魂之眼复现千百年前的场景，直观其中的奥秘。

自远古来，可怖的羽蛇一次次扫过上界的天空，来无影，去无踪。一代代的天象祭司敬畏地凝望着它，记录下它的消息，历经王朝的兴废、城邦的盛衰，从一个文明到另一个文明，把这些神秘天象的信息传递给后世的人类，今天我们才有幸读到了它。可是我们能够破解它的奥秘吗？抑或也不过是无限世代中的一环，这个谜难道只能留给未来的人类去破解？

不，这崇高的使命属于我们。我们要向后世证明，我们的文明不只是战争杀戮，也拥有可以匹敌神明的学问。我们一遍遍细读和揣摩这上千条铭文，直到将一切熟记如流。在又一次通览了相关记载后，九·鹰瞳拿出了一个木盒，打开了它，其中装着两个小小的陶瓶。"这是通灵菇和七种珍贵草药合成的药汁，"她告诉我，"比一般蘑菇的效力要强十倍，也许它能帮我们揭开人类智慧还无法理解的奥秘。"

我们同时喝下了药汁，感到一股火焰从口腔燃烧到了胃里。我们紧张地等待了一阵子，紧张感渐渐消失了，我们并排躺在地上，等待着天启时刻的降临。

周围的一切开始奇妙地变形，那条环绕四周的羽蛇由墙壁而下，游弋到我们面前，载着我们飞向穹顶的星空。我低头，已经看不清大地，只看到我们两个悬浮在灿烂的星光中，二百六十个玛雅星座在上下左右凝视着我们。

太阳仍然在围绕着我们东升西落，但九·鹰瞳带我飞向它。我明白她的意思。如果羽蛇的游走总是围绕着太阳，那么以太阳为中心就会看得更明白。我们默契地调整了自己的位置，暂时忽略大地，以太阳为核心来观看宇宙。果然，当太阳被放置到宇宙中心之后，水星、金星、火星、木星和土星排成森严的阵列，围绕着太阳转动，同在瓦里的太阳神庙中所见的一样。另外似乎还有一颗不反光的暗星混在这些游星之间，宛如幽灵般穿行。我感到有些奇怪，这颗幽灵一样的星体是什么，为什么我从未见过？

我正待细看，却被另外一番景象吸引了。

如同被太阳的温暖和热力所吸引，一条羽蛇从遥远的空间出现，穿过星空，游向太阳，绕过它半周后，又迅速游去。我从方位判断出来，这就是九·鹰瞳最早发现的那条羽蛇。它虽然离去，但留下了一条长长的、清晰的尾迹，像一个椭圆环般套住了太阳。第二条羽蛇出现了，从另一个方向接近太阳，留下了另一条尾迹……很快，从我们的头顶、脚下和身后，一条条羽蛇出现又离去，它们跨越无限空间的到来，只为围绕太阳进行着一场壮丽的朝圣之舞。

宇宙宏大深远，时光缥远无涯。我们何等幸运，能目睹这神灵才能欣赏的至高之美！

算 法

我们的呼吸越来越急促，心跳得越来越快。不知从何时起，我和九·鹰瞳已经紧紧相拥，感受着彼此心跳的激烈。我在极度的迷幻谵妄中，找到了她的嘴唇，深深地吻了下去。

她并没有拒绝，反而热烈地回应了我。

诸天的群星和羽蛇簇拥着我们，众神无声地合唱。整个宇宙存在的意义，仿佛就在此时此刻，就凝聚在我们的身上。

那一刹那，就是永恒。

"看那里！"不知过了多久，九·鹰瞳忽然推开我。我望向她指的方向，但什么也没有看到。九·鹰瞳报出了一个长历日期，我明白了，将那天的记录化为可见的图像，果然看到一条羽蛇沿着既定的尾迹归来，我认出来了，这正是第一条羽蛇。它飞到了我们看不见的远方后又复返，一次次沿着陡峭的天路飞近太阳又远去，就像迁徙的候鸟。在墙壁上记录的漫长岁月里，我们见证了它超过二十次的回归，每一次都需要耗费大概七十五六年的时间。

渐渐地，我们认出了更多的羽蛇，它们以特定的周期周而复始地在浩渺宇宙中循环往复。然而大部分的回归周期都有几年的变动，不像一般游星那样绝对精确，还有一些羽蛇出现后便永不复返。也许这正是羽蛇的自由本性。

"看北极星的方位！"九·鹰瞳在我耳边说，我注意到一条孤独的羽蛇在远离游星的地方出现了，划出一道独特的轨迹，宛如从高空向地面俯冲的飞鹰。它从接近北极星的方向疾驰而下，穿过七鹦鹅星座、神庙星座和山狮星座，冲向太阳，几天后，它从太阳背后出现，又复归北极。它的运动路径是如此独特，给我留下了深刻的印象。那是第六纪元353年的事，在那么早的时代就有如此详细的记载，实在令人惊叹；那条羽蛇离去了很长时间，以至于我一度忘记了它。但351年之后，第七纪元310年，它又重新出现，几乎以同样的方位穿过星空。当时的天象祭司也忠实地把它的风采记载了下来。

又过了351年，第八纪元267年，来自北极天区的羽蛇第三次出现，这次记载很简略，规模似乎也不大，但可以确定就是它；然后是第九纪元223年，这一次羽蛇现身尤其宏大壮丽，尾巴扫过了大半个星空。但到了第十纪元就没有任何记载，难道这条羽蛇已经消失在星空深处，永不归来了吗？

不，我想起来了，过了351年，正是第十纪元180年，也就是三百多年前，其时，特奥蒂华坎城已濒临崩溃，也许天象祭司都死光了，故而缺乏记载。但是穆都人对这次羽蛇的出现再熟悉不过了。当时，穆都人因为羽蛇的出现而气势如虹，击溃了特奥蒂华坎最后的抵抗力量，确立了穆都的霸权，这是每一个穆都孩子都津津乐道的故事。

我已经没有疑问了，在长达一千七百多年的时光里，每隔三百五十一个哈布年，这条羽蛇就会重新归来，整个周期精确不移，甚至可以进一步精确到月份。那么下一次它的归来时间是——

太阳静止不动，游星们快慢不一地一圈圈绕着它旋转着，整个

算 法

宇宙宛如一座巨大而精妙的历法之轮。从无限的过去到无限的未来，一切奥秘都已经用神的文字写在星空之间。当羽蛇再一次出现时，我清楚地看见了星空中各主要星体的位置，它们极其准确地指出了相应的长历时间。

10——3——7——3——

第十一纪元，第四世代，第八长历年，第四双旬……

而现在是第十一纪元，第四世代，第六长历年，第五双旬……

区区两年以后！

我栗然一惊，古老传说中的伟大羽蛇神真的会再次降临！那巨大可怖的身躯将高悬在每一个玛雅城邦之上，带来战争，带来死亡，带来毁灭，也带来希望……

残卷之十·背叛

"不会错了，"九·鹰瞳说，"羽蛇将在第十一纪元，第四世代，第八长历年，第四双旬回归，当然，具体日子大概有几天的误差。"

我点了点头，羽蛇会因不断接近太阳而逐渐增强，很难将它出现的日期精确到某一天。能够确定在二十天之内，已经是不可思议的成就。

"大人，我们终于发现了羽蛇的奥秘！"

"还差得远呢,"九·鹰瞳说,她不顾刚从迷狂状态中醒来的疲惫,又提出一连串的问题,"为什么其他的羽蛇会有几年的周期波动,而这条羽蛇没有?是不是因为它没有接近其他的天体,不受它们的影响呢?还有,我发现羽蛇的尾巴每一次总会背离太阳,即使在它飞离太阳时也这样,这又是为什么?是否和太阳的光和热有关?也许是太阳上有一种热风,总是会将羽蛇的长尾吹向远离自己的一边……"

她的脸色兴奋得发红,但我的思绪却渐渐飘向了另一些事:刚才的那个吻,那是真正发生过的事实,还只是我喝下蘑菇汁后的幻觉?我的心躁动不已,想问九·鹰瞳,却怎么也开不了口。

"鹿尾,你有什么想法?"她又问我。

"我……大人,你先休息一会儿吧,反正一时我们也想不明白。不是只有两年了吗?等到后年,我们可以用自己的眼睛看到一切。"

"对,"九·鹰瞳喃喃地说,"10——3——7——3——……"

"10——3——7——3——……"我也应和着说,忽然轻松了。作为祭司,我们必须保持贞洁,其他什么都是妄想。但只要我能够和她一起仰观天象,一起阅读古卷,一起在通灵中探索宇宙的奥秘,就是最大的幸福,其他的又何所谓呢!只要我们能在一起——

"10——3——7——3——……"

忽然,另一种阴恻恻的声音在我们身后响起,让沉浸在思绪中的我们栗然一惊,这地下大厅里怎么会有其他人在?难道是古特奥蒂华坎人的亡魂不散?

我战战兢兢地向声音来源处看去,墙壁上的一块石头被挪开,出现了一个洞口,几个宛如阴魂的黑影在洞口显现。

我惊呼道:"你们是——"

"鹿尾,你干得很好。"那声音森然道,来自一个矮小的身影。我恍然大悟,是十八·天鳄!

大哥鹿角和其他四个上次来访的武士正跟随在他身后。大哥做了一个手势,他们就扑上前来,将瞪大眼睛、还不明所以的九·鹰瞳牢牢抓住。我完全明白过来了,这是一个精密的陷阱,十八·天鳄显然知道这个地下大厅另有密道,所以通过我诱九·鹰瞳入局,既让她算出羽蛇的归来日期,又要抓获她本人。

"你们是谁?!放开我!鹿尾!快走啊!去叫人!"九·鹰瞳对一旁的我叫道,浑然不知我也是这个阴谋的一部分。我的心仿佛被命运践踏成了碎片,低下头不敢看她的眼睛。九·鹰瞳不断呼救,但是这里和地上相隔太远,隔着山一样的巨石,声音几乎传不出去。

"女娃娃,"十八·天鳄缓步走到九·鹰瞳面前,特意用了当年战场上的称谓,"我们又见面了。"

"你是……"九·鹰瞳终于将他认了出来,"十八·天鳄?"她难以置信地看着他,又转头望向我,似乎明白了什么,"鹿尾,你……

是你……"

"愚蠢的女巫!"大哥随手给了她一巴掌,清脆地打在她的脸上,也打在我的心上,"真以为我弟弟是你豢养的狗吗?告诉你,他一直忠心穆都,从未变过!"

"大哥,你先别动手……"我徒劳地试图阻止,但没人理我。

九·鹰瞳低下头,吐出一口血,似乎还带着打掉的牙齿,"明白了……我终于明白了……"忽然间她放声大笑起来,"这就是当初你劝我回迦安的理由吗?我终于明白了,哈哈,哈哈……"

"明白就好,"大哥厉声道,"羽蛇在上,穆都人必将完成神圣的复仇!我们的阿妈和小妹都是被你们这些迦安畜生害死的,本来该让你也尝尝这滋味,不过你这种巫婆谁碰了谁晦气,就便宜你,给你做个放血祭,拿你的心头血去献给即将回归的库库尔坎吧!"

"没错,"九·鹰瞳的神色平静下来,"你们有权复仇,每个人都有。杀了我吧。"

她叹了口气,闭目待死。大哥抽出一把黑曜石刀,刺向她的心脏。我抓住他的手:"大哥,不能杀她!"

"为什么不能?"大哥粗声地问道,"这巫婆现在已经没用了。"

"她……她懂得很多天象学的知识,对我……对我们穆都还有用。"

"我们有博学的天鳄大人,还有你,留着这个巫婆有什么用?"大哥不以为然。

算法

"鹿尾说得对,"十八·天鳄却道,"九·鹰瞳拥有神赐的才华,谁都比不上,不能杀她。"

我略松了口气,心想天鳄大人毕竟明理。但大哥不甘愿,口里还在咒骂。

"鹿角,你要知道,杀人并不是对敌人最好的复仇。"十八·天鳄阴森森地说,"真正的复仇是夺去敌人身上最宝贵的东西,让他生不如死。"说着他走上前,双手轻轻抚摸着九·鹰瞳刚被打肿的面颊,露出诡异的笑容。

大哥听不明白,我心中一震:莫非十八·天鳄想侮辱九·鹰瞳?这老家伙竟——

我刚上前一步,决心保护九·鹰瞳,十八·天鳄的双手却并没有向下探索,而是陡然向上,按住了九·鹰瞳的左右眼皮。九·鹰瞳想到了什么,终于露出了恐惧的神色,叫了一声:"不要!"十八·天鳄已然一声大喝,两手的食指和中指用力伸向里面,一探一抠,便将世界上最明亮动人的眼睛硬生生地给挖了出来。

"啊……"九·鹰瞳发出极为凄厉的惨叫。我看到血水从她两个深深的眼眶中涌出,流淌到了她的脸颊,看上去可怖之极。我心中一片空白,五脏六腑宛如被飓风吹散。

即便对于常人,被挖掉眼睛也是仅次于死亡的酷刑,而对天象祭司来说,能够看到宇宙深处的眼睛高于生命,而九·鹰瞳的神目更是举世无双。这是十八·天鳄最可怕的复仇,他要让九·鹰瞳永永远远地生不如死。

后来过去了很多年,这一幕一直在我心中萦绕,我永远无法想象当时九·鹰瞳承受的痛苦。

在九·鹰瞳的惨呼声中,十八·天鳄将那对血淋淋的眼珠捧在手心,盯着它们看了一会儿,仿佛它们还能和自己对视,然后阴沉地笑了起来:"六年前,就是这对眼睛在玛雅列邦之前羞辱了我,剥夺了我的一切尊严,让我沦为所有玛雅人的笑柄。不过没关系,从今以后,它的天赋与力量就属于我了!哈哈哈!"

他将那对鲜血淋漓的眼珠放进嘴里,咀嚼几下,吞了下去,嘴角溢出几缕血水。巫医说吃掉敌人身上的某个部分,就能够吸收他的能力,但这么活吃的毕竟少见。大哥和几个武士恶心地别过头,我却身子僵硬,动弹不得,只是不停地发抖。

"眼睛!我的眼睛!"九·鹰瞳大概没听清他在说什么,更看不到他的动作,仍然在痛苦地嚎叫和挣扎,如同献祭中被杀戮的母鹿。这惨叫伴随着十八·天鳄的狂笑,让我感觉自己宛如身在最恐怖的梦魇里。

"鹰瞳大人——啊!"一个捧着食物的使女在入口处出现,目睹了这可怖之极的一幕,颤声叫了起来。一名穆都武士冲了过去,使女忙钻进甬道,一边爬一边大叫大嚷:"出事了,快来人!救命!啊……"穆都武士掷出石斧,正中她的后脑,结果了她的性命。

但使女的声音惊动了上面,迦安人在地面开始叫喊,派人下来。

算　法

可迦安再人多势众，那甬道却只能容一人通过，穆都武士用那名迦安使女的尸体堵住甬道，上面的人一时倒也攻不进来。"大人，我们得撤退了。"大哥对十八·天鳄说。十八·天鳄点点头，指示武士们把九·鹰瞳押走。九·鹰瞳哭喊、挣扎着不肯走，武士们虽能把她拖走，但会严重影响速度，眼看追兵很快就要攻破这里，一个武士感到不耐烦，便掏出匕首，要杀了她。

我一个箭步冲上前去，一掌击在九·鹰瞳的后颈，将她打晕。

"我来吧，兄弟！"我说，我将九·鹰瞳背在背上，那武士对我并不放心，走在我身后，到了他们进来的密道前，让我先进去，才将一块石头合拢，让迦安人暂时找不到入口。他们为了行事隐秘没有带火把，地道里顿时一片漆黑。那地道很长，我背着一个人，脚力不济，慢慢落在了最后头。眼看离前面的人已有了一段距离，我扭头跑回到密道入口的地方，将九·鹰瞳放了下来。

"对不起，鹰瞳大人，"我喃喃说，"对不起，都是我害了你，迦安人很快会发现这条地道，带你回去医治的。"

"鹿尾……我好疼……好疼……"走出几步后，我听到她开口说话了，不知道是梦呓还是在对我讲话。我当然不敢再回去，泪水已夺眶而出。

我咬牙向外走去，没几步却又撞在了一个人的身上。

"九·鹰瞳呢？"十八·天鳄的声音森然问道。

"她……她趁机跑了……"我支支吾吾地说道。但九·鹰瞳的呻吟随即从后面传来。

"早知道你靠不住!"十八·天鳄推开我,往九·鹰瞳躺着的地方走去,"我决不会放过这个魔女……"

"不要!"我扑上去,拉住了他,"你已经报仇了,就放过她吧!"

"蠢货,你给我松手!"十八·天鳄咒骂着,回头就是一拳,在黑暗中我听到风声急闪,却还是被他打中胸口,一阵剧痛。蓦然间,愤怒在我心中像火山一样爆发,我扑了上去,死死把他按倒在地,掐着他的脖子,十八·天鳄嘶吼着,怒骂着,捶打着我,更激起了我的暴怒。如果不是这个阴毒的老家伙,我和九·鹰瞳现在还在迦安平静地生活,怎么会落到这般田地?他毁了我的一切,一切!我掐着他的脖子,越掐越紧,越掐越紧……十八·天鳄的反抗初时剧烈,然后渐渐弱了……

"鹿尾,快住手!"大哥从背后把我拉开。但为时已晚,十八·天鳄已一动不动,呼吸全无。曾经全玛雅最显赫的天象大祭司,就在一片黑暗中魂归下界。

"你怎么能……"大哥大怒,然而此时不远处隧道口的石块被推开了,整条隧道被微光照亮,迦安追兵呼喊着冲了进来。大哥目光中的怒火熄灭了。

"唉,快走吧!"他拽着我的手,我迷迷糊糊地跟着他跑走了……

残卷十一·复国

我们如何逃过迦安人的追捕,从海上绕过东部半岛,来到东南海湾的情形就如上所述。这里的繁茂雨林中躲藏着许多流亡的穆都难民,领袖是穆都王室唯一活下来的成员十四·火树王子,他还只是一个十四五岁的少年。大哥本来是四百夫长,在他们中间也相当有威望,见到火树王子后,大哥向他表彰了我的功绩,又隐瞒了十八·天鳄之死的真实情形,只说是死于迦安人的追兵。火树王子封我为穆都新的天象大祭司,我竟尴尬地继承了十八·天鳄的职位!

安顿下来之后,我便急切地打听迦安方面的消息,特别是九·鹰瞳的情况。很快,探子带来了可靠的情报:九·鹰瞳被救了回去,活了下来,但是受的刺激太大,人已经状若疯癫。虎爪王派人问了很多次,但始终不得原因。九·鹰瞳已经无法再担任天象大祭司了,虎爪王只好又任命了一个平庸之辈二·犰狳甲担当此职。

虽然从九·鹰瞳那里什么都问不出来,可我这个穆都人不知所踪,不难判断出我是内奸。但除了九·鹰瞳被害和我的叛逃之外,虎爪王一直没搞明白在特奥蒂华坎究竟发生了什么,恰好当时托尔特克部落又去骚扰边境,他便以为是托尔特克人在背后捣鬼,一怒之下,调动了迦安和各藩属城邦约五万部众,在特奥蒂华坎整军,然后大举北征。

情报不断从迦安传来：最初，迦安军势如破竹，一路北上，占领了托尔特克人的都城图拉——一座只有几千人的简陋小城。但北风之牙带着他的族人躲进了更北方的群山，对迦安军不断袭扰，切断了迦安的补给线，掠夺他们的物资，避免正面决战。战争旷日持久地拖了下去。北方的战争让迦安在东南一带的统治削弱了，穆都的游击队伍在东部和南部边陲地区找到了越来越多的盟友，反迦安联盟再次建立起来。

虎爪王对穆都的活动并非一无所知，但他认为这些残兵败将翻不起太大的风浪，只有托尔特克蛮子才是迦安的心腹大患。他并不知晓羽蛇回归的日期，这才是穆都最强大的秘密武器。

两年过去了，按九·鹰瞳的计算，羽蛇的回归近在眼前。大哥早已将此事奏报给了十四·火树，他决定在羽蛇回归之日举行登基大典，正式登上穆都王位，宣布穆都复国。不巧的是，那段时间天上一直阴云密布，根本看不到羽蛇的踪迹。然而一切已经准备就绪，也只有硬着头皮进行。火树王子连着几天频繁地召见我，让我确保到时羽蛇会出现。我不免有些支支吾吾，但想起那天的迷狂状态，灵魂之眼中看到的如梦幻境，羽蛇真的会归来，还只是我们的妄想？越到后来，我就越没有把握。

决定命运的那一天终于到来了。大约三千穆都流民聚集在了一片林中空地，举行了隆重的羽蛇祭祀，随后十四·火树登基称王，

算法

戴上了他流亡时带走的羽蛇王冠：一块白玉，雕成缠绕的羽蛇之形。我站在他身侧，听到他高声宣称：

"穆都的子民啊，库库尔坎告诉我，它正鼓起愤怒的羽毛，从宇宙的边缘飞来，解救他的子民。它的怒火让太阳神的光芒也为之逊色，它的力量宛如无坚不摧的飓风。暴虐的迦安必将覆灭，伟大的穆都即将重生！"

人们欢呼起来，气氛还算热烈。但不巧的是，此时雨点从乌云密布的天上飘落，噼里啪啦地打在搭建的木台上，很快变成倾盆暴雨。火树王勉强又宣讲了一会儿，就不得不狼狈下台，到一旁的营帐中避雨了，人群也很快散去。一场精心策划的典礼几乎毁于一旦。

但更坏的消息还在后面，火树王正在斥责我没有预测到大雨，毁了他的登基大典，刚被封为将军的大哥却冲进了他住的营帐，匆忙行礼道："我王，方才斥候来报，一支迦安大军出现在我们南面，距离我们不到十里了！"

我们都惊呆了。火树王问："迦安军不是在北方吗，怎么出现在南面？"

"我王，看来这是一场蓄谋已久的奇袭。他们应该是迂回前来，秘密地穿过丛林深处，我们竟毫未察觉。"

"对方有多少人？"火树王颤声问。

"不清楚，不过至少有五六千人，大约是我们全部兵力的两倍。"

"那还不快撤?"火树王惶急地说,这些年的东逃西窜已经成了他的习惯,说完就往后面走去,打算收拾行囊。

我心念一动,一把抓住了他的手:"我王,不能撤!"

"你说什么?"

"敌人有备而来,"我沉声道,"逃跑可能正好落进他们的伏击圈,再说就算一时能逃走,我们好不容易聚集的人众也会流散而去,那就一切都完了。"

"那怎么办?"

我咬了咬牙:"打!虽然敌方人多势众,但我们有库库尔坎的庇佑!"

"你吹了那么久的库库尔坎,可到现在连个影子都没有!"火树王吼道,"如果他不出现,怎么办?"

"我王,这正是库库尔坎的考验,"我硬着头皮说,"如果我们不拿出视死如归的勇气,证明自己配得上它的回归,它才真的会弃我们而去!"

火树王犹豫着望向大哥,但大哥也站在了我这一边:"我王,鹿尾说得有道理,如果现在逃走,以往所做的一切就都白费了,我们的脑袋摆在迦安的祭祀台上也只是时间早晚问题。如今唯一的出路就是背水一战,请您早做决断!"

火树王又犹豫了一阵,终于下定决心,拔出御用玉刀:"好,死

算 法

战到底——"狠狠劈开了桌上的一个南瓜。

大哥把穆都武士匆匆组织起来,但还没有布好阵势,就已经和迦安的前锋短兵相接。我们在风雨中陷入了苦战,从傍晚一直打到夜里,穆都勇士们扛住了迦安大军一次又一次的猛攻,但毕竟势单力孤,最后我们被包围起来,包围圈像绞索般逐渐缩小。

到了这个时候,我这个大祭司也不能安坐在国王身边,同样拿着石刀加入了战团。我奋力打倒了好几个敌人,但自己也挨了好几下刀棍,浑身是伤,却也没觉得有多疼。打斗间隙,我向天上看去,雨早已停了,但仍然是一片漆黑。也许这就是宇宙的真相,处处都是黑暗混沌,不见希望的星光,人类的生活,也只是如野兽般相互撕咬。

此时此刻,我又想起了九·鹰瞳,想起了以前那些学习天象学的日子,当时也觉得痛苦煎熬,但今天看来却是不可奢望的幸福。

"你在哪里,鹰瞳大人?你眼中的世界,想必也是一片黑暗吧。我知道你一定恨极了我,是的,我亏欠你太多太多,永远也无法偿还。不过现在我也遭到了命运的惩罚,很快,我就会离开这残酷的世界,前往更黑暗的地方去。永别了,鹰瞳大人,你高贵的灵魂必将重返光明的上界,我们永永远远不会重逢了……"

又一个迦安人倒在我面前。不知何时起风了,风一点点地吹散了云层,朦胧的月光投下,照在大海上,照在战场上,照在活人和死人苦难的眼睛上,宛如哀伤的安魂曲。

不，不是月光。

天象祭司的直觉告诉我，这光的质感和月光不同，而且稍微推算一下，就知道月亮这时候还在地平线以下。所以这光——这光难道就是——

"库库尔坎啊！"我忽然听到身后火树王绝望的呼声，回过头，看到他站在一座土丘上，身边已经没剩下几个卫士。他头戴羽蛇王冠，任大风吹起长长的衣袍，仰起头，对着天空高举起玉刀："请归来吧！我是十四·火树，罹难的十七·蜥蜴火之子，穆都的新王，你忠实的仆人，我将自己的鲜血献祭给你，也将穆都人的生命交付在你手上，愿你归来，以无边的愤怒摧毁一切强敌！"

他用刀刃划过自己的额头，鲜血淙淙而下，状若疯癫，云间透出的诡异白光在他血污的脸上跳着舞。被他的疯狂所震慑，周围迦安人的进攻放缓了。风变得越来越大，云层迅速散去，可以看到，云后面的确有某种发光的巨大天体横亘于群星之间，比月亮大得多，也亮得多。我再没有疑问了。

"库库尔坎！"我在狂喜中喊道，"我们是对的，是对的！你终于归来了，库库尔坎！"

"库库尔坎！库库尔坎！"穆都人纷纷跟着我呐喊起来，声音雄浑而齐整，盖过了战场上的杀伐和惨叫声。随着我们的召唤，最后一点云团也消散了，现在可以清晰地看到，一条雪白狰狞的羽蛇高翔在北方的星空之上，头部探入宇宙树之间，长尾扫过整个七鹦

算法

鹈星座，神圣庄严，如同众神之王，比起上次在战场上见到的小羽蛇，今日的羽蛇宏伟壮丽得不可同日而语。

"现在，消灭你的仇敌吧，库库尔坎——"火树王声嘶力竭地叫道。穆都人的欢呼震撼山海，简直可以传到伊察姆纳大神的宇宙圣殿。我们大喊着发动了反攻，觉得身上增添了使不完的力气。迦安人一个个魂飞魄散，哪里还敢恋战，有的目瞪口呆，有的瑟瑟发抖，有的跪下求饶，更多的人扔下武器，扭头就跑……

战局就这样扭转了，那一战，人数为穆都两倍的迦安军被我们击溃，如同大风撕碎云朵。

羽蛇按期归来，平静地穿过群星，穿行在与千百年前同样的天路上。人间也再一次因它而沸腾。

我们在接下来的三次大战中都击溃了迦安人，一路招降纳叛，攻城略地，很快克复了穆都故城。此时，羽蛇已经占据了半个夜空，还在向着太阳的方向疾驰。在无与伦比的异象面前，臣服迦安的各大城邦纷纷起事，加入穆都人的行列，我们的军队增加到了两万人，追随着羽蛇的脚步，浩浩荡荡地向迦安进军。

信使一路将军情传到北方，虎爪王得知自己后方大乱，慌了手脚，连夜撤兵南下。托尔特克人闻讯大举反攻，在河谷间歼灭了迦安的大部分军团，虎爪王只带着几千残兵逃回了迦安城。托尔特克人一举攻占特奥蒂华坎，随即也由北南下，攻打迦安。

风起云涌的三四个双旬过去了。羽蛇日益接近太阳，现在只有在日出前夕才能看到它。同时我军也已兵临迦安城下。但随着雨季的到来，乌云又隔断了人间和上界的联系，豪雨让战争难以为继。

那天，十四·火树忽然召见了我和大哥等将领，要求尽快与迦安军决战。

"我王，"大哥耐心地劝诫，"我军虽然连番大胜，但也耗损惨重，迦安人已经无路可退，一定会拼死抵抗，胜负难料。何况托尔特克人在区区五十里外屯兵上万，还有更多部众陆续从北方南下，天知道他们有多大的野心？如果我们和迦安两败俱伤，玛雅列邦就再也没人可以制约他们了。"

"托尔特克蛮子？"十四·火树不屑地冷哼道，"那些野蛮人正在增加兵力，准备一举攻入迦安，而我们却在这里徘徊不进，浪费时间！如果他们占领迦安，穆都会沦为玛雅列邦的笑柄，还如何能重新振兴？大祭司，你怎么说的，羽蛇不是会保佑我们必胜吗？"

"我王，"我想了想说，"的确，羽蛇已经给出了胜利的征兆，金星也处于最吉利的位置，但雨季的飓风即将到来，如果我们不能在七天内开战，不如先退回穆都休整。"

我知道这话看上去不偏不倚，但只能有一种结果。果然，十四·火树说："那就在七天之内开战！鹿角，你立刻召集各部首领，和大祭司一起决定开战的吉日，务必要让至上的库库尔坎大神饱饮敌人的鲜血，赐予我们更大的胜利。"

算 法

大哥见国王已经做出决定，不好再辩，只好和我一起退下。出了营帐，他不满地问我："为什么要怂恿国王陛下开战？你知道他还是一个不成熟的孩子，飓风将要到来，我们应该先返回穆都休整。明年再战，那样我们的赢面会更大。"

"但迦安人也会趁机站稳脚跟，重整旗鼓。大哥，你不是也日思夜想地要尽早为阿妈和小妹报仇吗？"

"当然想，但眼下穆都的精锐武士也损失惨重，士气不高，现在我们更需要的是休整。如今迦安城周围的玉米田已经被我们劫掠一空，他们得饿上半年的肚子，而我们可以在休养生息之后再决一死战。再说了，不是还有托尔特克人吗？让他们先去和迦安人打个你死我活好了。"

"我觉得我们应当在托尔特克插手之前解决迦安，"我说，"然后再联合各城邦一起对付他们。"

"托词，都是托词！"大哥抓住我的肩膀，迫使我看着他，"你说，你一定要立刻打进迦安，是想去找那个魔女吧？"

我站住了。大哥没有猜错，我再见到九·鹰瞳的唯一可能就是穆都军能够攻占迦安。何况回到迦安附近后，我从俘虏口中打听到了更多的消息。九·鹰瞳发疯以后，最初虎爪王还念旧功，让人好好照料她。不料，那些老天象祭司趁机大进谗言，说我们在南方逃难时私通苟合，她把看家的法术都传授给我，才酿成大祸。前些日子羽蛇重现，穆都大胜，我也名声大噪，虎爪王觉得都是九·鹰瞳招来的祸患，便迁怒于她，据说还对她严刑拷打。我听后更加心如刀割。

"早知道，当初在特奥蒂华坎就该杀了她。"见我迟疑不答，大哥恨恨地道。

"大哥！"我忍无可忍地喝道，"九·鹰瞳不管干过什么，现在都受到了足够的惩罚。可你也别忘了，没有她，我的尸体早就腐烂在神庙后的万人坑里，而你就算不死，还在迦安城里挨鞭子呢！"

大哥一时说不出话，我转身而去。

三天后，最后的决战在雨中展开。阵前的天象对决中，迦安的新任天象大祭司二·犰狳甲引经据典，证明五星的排列如何对迦安有利，论据错误百出，但我也没有跟他进行无谓的辩论。我只说了一句话：

"羽蛇已经归来，胜负还有何疑！"

穆都战士中爆发出惊雷般的欢呼，以百倍的热情冲向敌军。怒吼和惨叫声上动九天，血水染红了地上的每一个水坑。我忽然想起，这场复仇战争的导火索是多年前的一场大旱，那时只要天降一点点甘霖，或许战争就不会爆发；如今满目都是雨水，要多少有多少，但已经没有人在意了，这是多么大的讽刺啊。

战斗持续了一整天，双方的阵势大开大合，像一场宏大的球戏，倒下的名将和猛士不计其数，如飓风后的落叶铺满战场。如果不是

算 法

后来发生的事,诗人们本该在整整一千年里歌唱这场传奇大战中可歌可泣的英雄事迹。夜幕降临,一切终于见了分晓。我们付出了惨痛的代价,歼灭了迦安的最后一个军团,但虎爪王还是在御林卫士的死战下逃走了,而且不知所踪。而穆都联军正浩浩荡荡地走进迦安城。

我刚跟随火树王进城,就得知二·犰狳甲没来得及逃走,被我军生擒,火树王对这人不感兴趣,交给我处置。

"鹿尾兄弟,鹿尾兄弟,你还记得吗?当初在天象台我们经常一起搭伴,你可一定要救救我……"二·犰狳甲一见到我就套近乎。

"九·鹰瞳在哪里?"我懒得废话,直截了当地问道。

二·犰狳甲的小眼睛滴溜溜地打转:"这个,鹿尾兄弟,你先答应不杀我,我才敢说……"

"好,你说出来我就不杀你。"我痛快地说。虽然知道此人是残害九·鹰瞳的小人之一,但我此刻心情好,懒得跟他算这些旧账。

"那个——我的房屋——田产,还有一百多个奴隶也请你保全……"

"来人!"我喝道,"先砍掉他的左手,再不说砍右手!"

"别,别,我说还不行吗?她就被关在雨神神庙后面的监牢里……"

我立刻带了四个亲信兵士,押着二·犰狳甲随我前往雨神神庙。一路上,我看到穆都和其他城邦的兵士在城里大肆烧杀抢掠,贵族在府邸前被分尸，祭司在神庙中被烧死，女人在丈夫面前被奸污，婴儿在母亲面前被烧烤……这其中有不少还是我以前认识的人。烟火冲天，尸骸遍地，怕是下界的深渊也没有这样可怕的景象。

我未曾见过穆都城破的样子，也不忍去想象，但眼前的场景却让我想到了那一幕。这就是我一直渴望的复仇吗？让穆都人所承受的痛苦同样加诸迦安人之身？可说到底，穆都人、迦安人，又有多少区别呢？我们都是人类，都是玉米神的子民，为什么要分成两边，打得至死方休？

我不敢多想这些沉重的问题，当务之急是救出九·鹰瞳，让她不至于遭到同样的厄运。我踏进了雨神神庙，此刻偌大的神庙内外已经没有一个活人，到处都是尸体和血迹。我知道劫掠者是冲着神庙中收藏的财富而来的，生怕他们找到了九·鹰瞳，对她不利，但看样子，基本上没什么地方未被洗劫过了。九·鹰瞳到底在哪里呢？

我又追问二·犰狳甲，但这回他也不知道了。我正在发愁，兵士们架着一个瑟瑟发抖的祭司进来了，说这人躲在一堆死尸里，好不容易才找出来。我看他衣袍比较高级，忙问他九·鹰瞳的下落。他有气无力地说："她……被扔下圣井了。"

"什么？！"我不敢相信自己的耳朵，几乎要瘫倒在地。

所谓圣井是祭祀雨神查克之井，干旱时，人们常常把未婚处女

算 法

扔进井里来祭祀雨神或祈祷收成。几百年下来，里面不知道有多少女子的亡魂。可为什么九·鹰瞳也……

"不关我的事！是虎爪王想驱走羽蛇，所以拿她献祭，又怕她巫力太高而作祟，所以想用雨神的力量来镇住她……不过，她是七天前被扔下去的，现在也许还活着。"

"你说她还活着？！"

"这我不知道，但圣井是口旱井，长年被盖住，里面积水不深，不是每个扔下去的活祭品都会死，有的人可以熬好多天，如果过了二十天还活着，就说明雨神保佑她，她也会过上好日子，据说上个纪元有一个女孩活了五十多天……"

"行了，少废话，快带我们过去！"

圣井在后面的庭院里，上面覆盖着巨石。兵士们把石块挪开，一股腐败恶臭的气味便扑面而来。我看着下面的黑洞，不知它有多深，想到九·鹰瞳被扔在这种地方不知死活，便感到心惊肉跳。我叫人找来绳索，拿着一支火把便溜了下去。

下到井底，眼前的一幕更是骇人。这里遍地是脏水和污泥，还有腐肉、枯枝和天知道是什么的烂糟糟的恶心东西，光恶臭就几乎要令人晕倒。到处都可以看到白骨和骷髅头，有的身上还戴着昂贵的金饰，正是那些被献祭的可怜女子，但没有活人的踪迹。我找了许久，才发现一个仿佛用玉米棒搭起来的人形靠在井壁边，瘦得也如同骷髅，身上只有几块破布，几乎全裸。花白的头发披散在干瘪的乳房上，几条蛆虫在没有眼珠的眼窝内外爬动，身体却一动不动。

我不敢相信这就是九·鹰瞳，但我随即看到了她额头上烙刻的金星符号。千真万确，这就是当初那个神采飞扬的高傲女郎，那个令我矛盾不已了七年的女人。才两年不见，她已经变得我完全认不出了。

"你究竟干了什么，七·鹿尾？"

我趔趄着退了好几步，晃了晃才站稳，鼓起勇气唤了一声："大——大人？"

没有回答。她大概已经死了。

我又唤了两声，鼓起勇气上前。面前的骷髅女子仍然一动不动，我看到她身上有许多被鞭打和虐待的痕迹，心中一阵阵抽痛。我碰到她的肩膀，她才忽然颤了一下，像犰狳一样蜷缩起来："别打我！别打我！"

"没事的，"我忙宽慰她，"我是来救你离开这里的。"

"离开这里？"她犹疑地说，"是你……你来了吗？"

她好像认出我了，我哽咽着说："是我，我来了，我来救你……"

"你终于来了，"九·鹰瞳说，嘴角露出奇异的微笑，"也好，也好，结束这一切吧，结束这个世界。"

我不明所以："你说什么？"

"我在这里已经待了太久太久，"她梦呓般地说，"十个纪元？

算 法

一百个纪元?也许更久,更久。我把命运的历轮从开头转到末尾,又从末尾转到开头,我一遍遍地看着天地万物在无尽虚空中创生、毁灭。我问伊察姆纳大神,是否还有别的世界。大神说,还有许多许多,在别的星星那里……但你来了才能结束这个世界,带着我们的灵魂前往其他的世界……落叶将归于宇宙树之根,它将变成新的树叶……带我走吧,库库尔坎……"

我明白了,九·鹰瞳的确已经疯了。一切都是我的罪孽。"我懂,"我尽量温柔地说,"我这就带你离开这里,我们一起去别的星星。"

我解下长袍,披在九·鹰瞳身上,然后将她抱起。她的身体异常得轻,像一个惊惧的孩子,紧紧勾住我的脖颈。我抓住绳索,兵士们将我们拉了上去。

走出井口,阳光披洒在劫后余生的神庙里。九·鹰瞳也感到了久违的阳光,瑟缩了一下:"是太阳?我们飞到太阳边上了吗?"

"我们离开圣井了,"我告诉她,希望她能恢复一点理智,"你自由了,再也不会有人关着你了,那些害你的人都会得到应有的惩罚。"

我吩咐左右:"把这两个家伙扔进井里。"用手指了指二·犰狳甲和那个雨神祭司。二人大惊失色,叩头乞怜不已,但还是被架起来扔进了井里,从下面传来水花和哀号声,但当巨石重新压上井口后,就什么声音都听不到了。

九·鹰瞳似乎清醒了几分:"你在干什么?你的声音好熟悉……你是谁?你到底是谁?"

"我……是七·鹿尾。"我告诉她,紧张地等待着她的反应。

"七·鹿尾……鹿尾……"她念叨着这个名字,仿佛在回忆天地创生前的往事。忽然间,她的身子颤抖起来,挣扎着推开了我,"你——你真的是鹿尾?"

"是我……"我忐忑地等着她大叫、怒骂或者哭泣。但她喘息了很久,只说了一句:"你能回到这里……羽蛇出现了吗?"

"对,穆都已经攻占了迦安,不过你放心,以后再也不会有人伤害你……"我去拉她的手。

但她再次后退,尽量和我保持距离:"等等,羽蛇是什么时候出现的?"

我没敢再刺激她,一五一十地回答她的问题:"和我们在特奥蒂华坎预料的一样,第十一纪元,第四世代,第八长历年,第四双旬,它应该早已出现,不过到了第十七日,乌云散尽之后我们才看到它。"

"它出现在什么位置?多大?移动的速度如何?"

我仿佛回到了当她助手的日子,认真答道:"头部大概是在七鹦鹉星座的下部,蓝鹦鹉星和大力士星的连线上,距离蓝鹦鹉星八个星距左右;它的身体已经很长了,大约八十个星距;速度一开始不快,每天七八个星距,在第二天夜里掠过绿鹦鹉星,第三天……"

算 法

九·鹰瞳细问了很多问题，全部是关于羽蛇的，有些问题细碎得毫无必要，我想这应该是她作为天象大祭司的习惯。为了不刺激她的情绪，我尽量仔细回答。最后，九·鹰瞳慢慢坐到地上，喃喃地问："是什么时候？"

"现在？大概是午后第二时辰。"我说。

"不，我是问，哪一天？"

我一怔，才想起来她不见天日已经很久了，在井底下呼天天不应，叫地地不灵，不知道日子也不奇怪。"今天是坎金双旬第九日，长历是10——3——7——5——14。"我告诉她。

"10——3——7——5——14，"九·鹰瞳重复了一句，"到了吗？真的到了吗？我们再也无路可逃了？"

"大人，你究竟在说什么？"我忍不住发问。

她止住了笑声，面容严肃地转向我的方向，那对没有眼珠的眼窝似乎还在射出无形的目光，紧紧盯住我的眼睛，令我心中发毛。

"我是说——"

她刚说出三个字，陡然间奇变忽起，几枚羽箭凌空飞来，射进护送我们的穆都武士的胸口。他们猝不及防地纷纷倒地。我还没有反应过来，一群衣着奇特、容貌凶恶的武士不知从哪里冒了出来，已经将我们团团包围，仔细一看，他们竟然是……

残卷十二·天谴

我被驱赶着,抱着九·鹰瞳一步步走上月亮金字塔的台阶。两边都站着留着辫发、身上文着鹰或豹虎图案的异族武士,台阶已经再一次被鲜血染红,却分不清是迦安人的还是穆都人的。

在我身后,蛮族武士像雨季的洪水一样涌进迦安的每条大道小巷,漫过了穆都残余的抵抗力量。昨日辉煌的胜利变成了今日命运的捉弄,穆都的太阳已经被另一颗更耀眼的天体所取代。

一颗人头从金字塔上被抛下,在我身边滚下。我看得分明,那颗脑袋大眼圆睁,须发戟张,正是虎爪王的。随后,另一颗人头紧跟着它落下,是一个还带着几分稚气的少年的头颅,正是穆都的新君十四·火树。

火树王一向对我不错,我心中一痛,望向塔顶,一个巨柱般的身影傲然挺立。我知道那是谁,北方的霸主,托尔特克人的王——北风之牙。

我走上最后几个台阶,面对面站在了北风之牙身前。这位托尔特克王简直是一个巨人,差不多比我高两个头,装扮和一般武士差不多,只是头顶有鸟羽冠冕,手臂上多了几件黄金饰物,他正满不在乎地将迦安与穆都两位国王的无头尸首同时拎起,像对待刚宰的两只火鸡一样将他们扔下金字塔。

算　法

他打量了我一番，用相当娴熟的玛雅语说："七·鹿尾，穆都的新任天象大祭司，羽蛇的召唤者，这些日子以来，你的名声传遍了玛雅的各个角落，也传到了我的耳中。所以我派人把你请来。"

"你到底想干什么？"我问道，搂紧了怀中的九·鹰瞳。我的动作没有逃过北风之牙的注意，他流露出厌恶的表情："这个骷髅一样的人是谁？"

我想也没有必要瞒他："她是九·鹰瞳，被虎爪王折磨才变成这样的。"

"迦安的魔女！"北风之牙不禁惊叹，"想不到她……算了，你们穆都和迦安的恩怨与我无关。我只想问，你愿意效忠于我，为托尔特克王朝的统治服务吗？"

我想骂他卑鄙无耻，趁两败俱伤之际偷袭穆都，窃据迦安，但我明白这些口舌之快伤不到他分毫。我只是摇摇头，挺起胸膛："玉米神的子民绝不会为野蛮人效力。"

北风之牙并未发怒，只是轻蔑地笑了："野蛮人？是啊，多少年来，托尔特克被玛雅人当成无知的蛮族、弱小的藩属、奴隶和祭品的掠夺对象，我们仰望着玛雅，正如玛雅人仰望着天上的星辰。可是神不会永远眷顾你们，看看你们的历史，穆都、迦安、科潘、帕伦克……一年接一年，一个世代接一个世代，一个纪元接一个纪元地自相残杀，无止无休……够了！众神的旨意已通过我传达：他们收回了对玛雅列邦的恩宠，让托尔特克的统治为世界带来和平。"

"和平?"我忍不住要反诘,"你的武士们正在下面大肆杀戮,这和穆都人或迦安人又有什么区别?托尔特克王,你带来的不是和平,而是更多的战乱和死亡。"

北风之牙挥了挥手:"这就要靠你和九·鹰瞳了,既然羽蛇在北方出现,难道不是预示着托尔特克人统治时代的来临?众神的代言人,你们要告诉自己的同胞,一切都是库库尔坎的旨意,让他们顺从,否则羽蛇所庇佑的大军会摧毁每一个玛雅城邦。"

我愤怒地抗议:"托尔特克王!你怎能如此曲解和利用神圣的天象学,不怕招来上界神明的惩罚吗?"

"天象学?"北风之牙冷笑着回答,"只是玛雅的贵族和祭司欺骗愚民的把戏罢了!你以为我真是无知的野蛮人?不要自以为是!十几年前,在登上托尔特克的王座前,我在你们的各大城邦游历了很久,也结交过几个天象祭司,包括闻名遐迩的十八·天鳄大人。我了解所谓的天象学是什么。你们找出星辰运动的规律,预言日食和月食,凡此种种,无非是借天象来恐吓愚民。你和我一样都很清楚,上界所发生的一切都和人间毫无关系。不论我们做什么,也不会改变上界的规律,而上界的异象,除了在人们心中造成不同的情绪外,也无他力量能够左右人间!"

我竟无言以对。北风之牙所说的,也恰是我心中长久以来的疑惑。但疯狂怪异的笑声陡然在我身边响起,是九·鹰瞳。

"你在笑什么?"北风之牙轻声地问,但我听出了里面的杀意。

算 法

九·鹰瞳边笑边摇头:"我们的世界,从头到尾都只是上界众神抛掷的胶球;我们的命运,从头到尾都掌握在众神手上;这个世界即将步入毁灭,而你还说什么上界的力量不能左右人间?哈哈哈!"

北风之牙感到有些莫名其妙:"毁灭?你是说这场战争?"

"不,彻底的毁灭!"九·鹰瞳的声音陡然提高,"这个世界本身的毁灭,正如神话所说,羽蛇降临之日,也就是世界毁灭之时。"

"你说的是多少个纪元后世界将会毁灭的预言吧?"北风之牙很平淡地反问,"除了你们这些祭司,谁会在乎十个纪元之后的世界末日?"

"还不懂吗?不是十个纪元之后!"九·鹰瞳凄厉地叫道,狂风撩动她满头的白发,她疯狂地说出了神谕般的话语,"就——在——今——天——"

"什么?"

"几个时辰之内,也许眨眼的时间里,羽蛇就会到来,大地会化为虚空中的灰烬,我们不是灰飞烟灭,就是坠入无尽的黑暗深渊。"

"你疯了吗?你到底在胡说八道什么?"

"我一直看到它,"九·鹰瞳梦呓般地说,"在黑暗中,它从宇宙尽头慢慢飞来。在阳光的照耀下,长出身躯和长尾。它的头颅大如太阳,它的巨口可以吞下整个大地,它的身躯之宽广,我们从生走到死也走不完万分之一,它最细小的羽毛都胜过大地上最高的山脉……它带着毁灭的火焰而来,可以让世界瞬间化为乌有!它来了!它来了!"

她的声音似乎充满了黑暗的魔力,让我感到一阵晕眩。但北风之牙却不为所动。"是吗?"他冷冷地道,"接下来就是要我放血忏悔,对你们天象祭司匍匐跪拜才能禳灾消祸吧?你们的那套唬人把戏骗不了我,收起来吧。"

九·鹰瞳放声大笑:"哈哈,你还不明白吗?你和我们,以及大地上的一切生灵,再也见不到明天的太阳。放血也好,跪拜也好,都不可能改变一丁点儿。它来了!它来了!不可能再改变,不可能!呜呜呜……"她伏倒在地上,又痛哭起来。

北风之牙看到她又哭又笑,轻蔑地嘟囔了一声:"什么迦安魔女,原来只是个疯婆娘。"

"至于你,"他又转向我,"你怎么说?你不会也发疯了吧?你愿意投效我的座下吗?这是最后的机会。"他眼神中的杀机已经高涨。

这时,我听到有人"嘿嘿"地怪笑了起来,好一会儿才发现那竟是我自己。"你没听到她说吗?羽蛇就要到来,世界即将毁灭。托尔特克王,你的一切权势和荣耀、子民和奴隶,都将和最卑贱的粪土一样,化为乌有。"

穆都和迦安都已毁灭,九·鹰瞳已神智失常,大哥多半也遭了毒手,我心如死灰,不想再苟活在这疯狂的世界上,不如激怒这托

星云志·NO.11
算法

尔特克王，一死了之。

果然，北风之牙忍无可忍地大喝一声，向左右武士用托尔特克语嘱咐了两句，他们便抓住我和九·鹰瞳，拖到不远处的祭坛上，托尔特克武士的黑曜石长刀高举在我们头顶。我大笑起来："杀死我们，砍下我们的脑袋，挖出我们的心脏，吃掉我们的脑子，托尔特克王，做一切你想做的事，但该发生的一丝一毫也不会改变。"

"那就如你所愿！"北风之牙暴喝，又用托尔特克语说了几句，我想他定是在吩咐砍下我们的头颅，心中浮起当初二哥说过的话，迷惘地想，我们的鲜血和生命会滋养太阳和列星吗？难道这宇宙存在的意义就在于汲取一代代人的鲜血？不如干脆让这世界毁灭，终结这一切……

但我们随后又被抬了起来，这回竟被抬到了金字塔最顶上的天象台上，被人用貘筋牢牢绑在了中间的日晷柱顶上，一左一右。

"我要让你们知道自己有多么愚蠢，"北风之牙在我们面前悠然说道，"在这里等候所谓的羽蛇降临吧，你们能活多久就可以等多久，顺便看看我是如何征服你们的城邦的。"

他转身大步离去，去享用自己的战利品，武士们纷纷跟随他离开。只剩下两个人看管我们。我和九·鹰瞳背对着背，被绑在自己再熟悉不过的天象台上，俯瞰着整座迦安城的毁灭。

我看到北风之牙在数百名武士们的护卫下走到伊察姆纳大道，检阅得胜归来的托尔特克各部。正志得意满时，一支服饰与托尔特克人很相似的奇兵从金字塔间的阴影处冒了出来,迅猛地攻入托尔特克武士的阵营。带头人挥舞大斧,杀出一条血路。凭着过人眼力,我看清楚了,是大哥,他还活着!还在挽救战局!他带着一百多个乔装的武士,像楔子一样打入数千名托尔特克人的包围圈中,迅速靠近北风之牙,然而每近一步,就有好几个穆都武士倒下。很快,大部分敢死队都消失在托尔特克人的包围中,宛如一条小舟在风浪中沉入大海。

在同伴的掩护下,遍体鳞伤的大哥终于单枪匹马地冲到了北风之牙的身前,四五个托尔特克精锐武士挡在了北风之牙前面,这是不可逾越的屏障。但北风之牙自信地挥了挥手,让他们走开,在大哥和他之间留出了足够的空间。大哥怒吼着冲向他,但已经是强弩之末。他一斧劈向北风之牙,却被那个魔鬼抓住手腕,把斧子硬生生地夺了下来。北风之牙轻松地挥动石斧,反斩向大哥。此时,我的视线被周围的人挡住了,只看到大哥倒下了,鲜血像喷泉一样从人群后喷了出来……

我号啕大哭了起来。不光是为大哥,也是为九·鹰瞳、我和我们的一切。

"鹿尾,"忽然,九·鹰瞳的声音从背后传来,"你在哭吗?"

"大哥死了……"我哭道。

"凡人皆有一死。不要哭了。最后用你那神赐的慧眼看看这世界吧,蓝天、白云、农田、大街、金字塔、各式各样的人群……一切即将化为乌有，如同从未存在过一样。"

"你……你又在说疯话了。"

"疯话吗？"她叹息着说，"或许吧，我在黑暗中待了太久太久，以至于分不清梦和现实。"

"对不起，大人……"我羞惭地说，"是我害了你……"

"我曾经诅咒过你千万次，"九·鹰瞳惨笑起来，"但也是你，不，应该说是十八·天鳄帮助我看到了宇宙最深邃的奥秘，完成了我的梦想。多么讽刺啊！所以现在，我并不怨你们，反而要感谢你们挖掉了我的眼睛。"

"大人……"

"我说的是真的，"她停止了怪笑，语气异常平静，"有了这双眼睛，我什么都看不到，连世界上最明亮、最清楚的游星一直都没看到。结果到头来才发现，整个宇宙的秘密就在这颗游星上。"

"什么游星？"我又听不懂她说的话了。

"想想这些年我们发现的东西，"九·鹰瞳仿佛又回到了往日的研究岁月，在教导我这个不成器的学徒，"不论看起来有多么奇怪，但它们都是真的，像石柱铭文一样被深深铭刻在群星之间。第一，大地其实远远小于太阳；第二，大地是一个球体，像太阳和月亮一样；第三，不算月亮的话，太阳与大地之间还间隔着同样是球体的水星和金星——它们都会出现在大地与太阳之间，而其他游星则永远不会进入这片区域。大地是什么，你还想不到吗？"

我怔住了。她说的其实都是我已经接受的事实，但放在一起，似乎具有了全新的意义，"大地是……你是说，它难道是……"

"一颗游星！"九·鹰瞳说道，她的声音越来越兴奋，"一颗我们每天都看到却从未发现的游星，一颗在金星和火星之间围绕太阳转动的游星！它每天自身转动一圈，造成了我们所看到的天球转动的现象，而每一个哈布年它都会绕太阳转动一圈，造成了太阳在星空间首尾相接的路径！还有会合周期、游星逆行……一切都能说通了。"

我震惊得说不出话来。一个声音告诉我这是彻头彻尾的胡说八道，九·鹰瞳一定是丧失了神智；但在特奥蒂华坎的迷狂中所看到的景象又翻上心头。的确，当时我看到一颗幽灵般若有若无的星体，隐藏在金星与火星之间，每当我将目光投射其上，它就会消失，而在我观察其他星体的时候，它又会出现在背景中，难道不是单纯的幻觉，也不是某颗难以看见的小游星，而就是我们脚下的大地？难道我的灵魂之眼早已看到了大地的真实位置，只是因为根深蒂固的观念才拒绝承认这个事实？

"我……好像也见到过同样的情景，"我犹豫地说，"但又看不清楚，如果现在再有一瓶通灵菇汁就好了。"

"你不需要它，任何人都不需要它。也许玛雅人犯了一个错误，我们太依赖通灵菇的魔力，视为神的启示，而忘记了这是我们用自己的心灵思考出来的结果。"

算 法

"但是，"我问，"即便大地也是游星，羽蛇又如何毁灭世界？"

"羽蛇是大得惊人的天体，比任何游星都要大很多很多。所以虽然它距离遥远，但我们依然能看到它的形状，宛如长着雪白羽毛的长蛇。它崇拜太阳，围绕太阳运转，正如大地或其他游星一样……"

我想起了那天在特奥蒂华坎看到的景象——羽蛇沿着陡峭的星空之路，从遥远的地方接近太阳，绕过太阳后又消失在另一边，有的一去不复返，有的终有一日还会回来……

"它虽然巨大，但在更为广袤的诸天之上，羽蛇有足够的空间能够自由运动。大多数情况下，羽蛇和其他天体互不相犯，但有时候，羽蛇会进入其他游星的路径，从距离它很近的地方掠过……

"一颗神秘的幽灵之星——大地——围绕着太阳运转，那条三百五十一年回归一次的羽蛇如不速之客一般，迅速从天顶接近太阳，又绕过太阳，返回北方，它的路径恰好和幽灵之星交错，所以有好几次，人们都看到了巨大的羽蛇横贯大空……

"但就像会合周期一样，在千万次的交错循环中，总会有一两次，当羽蛇运行到游星的路径上时，游星恰好也在那里，从游星的角度看，羽蛇几乎是沿着直线扑向它。"九·鹰瞳诡异地笑了起来，"就像一条巨蟒扑向一只小小的青蛙。"

我打了个寒战。是的，我当时看到羽蛇越过太阳后，像箭一样从太阳的下方射向幽灵之星。它的飞行速度非常快，只需要几天的时间就可以越过广袤空间，而因为它一直位于太阳左右，在强烈的阳光掩盖下，就算在白天也几乎无法被我们看到。它就这样冲向我们的大地，而我们毫无觉察！天哪，这么说来，还有多久——

天上出现了奇异的光亮，我抬起头，惊恐地看到，在云层后面，某种火红的庞然大物正在飞快地从西到东穿越天空，滚滚火焰将天空分为两半，像巨大的鲸鱼分开大海。

"那是什么？你看！你看！"我大声叫道，但随即想起，九·鹰瞳根本没法看到任何东西。

我没有看清那是什么，那巨大怪异的东西便消失在东方地平线上，但随即，从我们头顶传来了比滚雷还要高一百倍的巨响，令我的耳朵几乎要聋掉。随后，一阵狂风几乎要把整座金字塔都掀了起来，将我的魂魄吹散。

"它来了吗？它来了吗？"我听到九·鹰瞳声嘶力竭地呼喊，"它一定来了。一定来了！在永久的黑暗中，在分不清梦和现实的地方，我孤独地悬挂在宇宙深处，细数着群星几千年来的旋转和回归。我一遍遍地看到它的最终到来，狰狞的巨眼大如日月，凝视着我们沙粒一般的世界，它的每一根羽毛都是万里长的白色烈焰，每一次呼吸都可以将天地山河吹散！"

我无法呼吸，无法思考，只有九·鹰瞳的话语在我耳畔回响，让我一遍遍体会到神明压倒一切的威严。

"它穿越无限时空来到这里，为的是审判我们这个罪恶的世界，带走我们罪恶的灵魂。看哪，审判的时候到了，整个大地像落入火堆的木块，刹那间一切都燃烧起来，海洋蒸发，山峰融化，人类化为乌有，亿万游魂被它吸入口中，带往宇宙树之巅……它来了，它来了！"

天上的巨响还未散去，一道血与火的伤痕已深深地烙印在天空，大地如鼓面般猛烈抖动起来，这是一场从未有过的大地震。城邦里的房屋在瞬间成片地倾塌。

末日来临了！我绝望地闭上了眼睛。但九·鹰瞳的话语还在不断地传入我耳中。

"鹿尾，这世界已经被邪恶和疯狂所玷污，它即将死去，死于羽蛇的审判。但你不要害怕，也许羽蛇将令我们重生，不是在这大地上，而是在宇宙树的另一片树叶上……真的，如果天球并非围绕大地转动，那么也许那些星星都和太阳一样，是更遥远的太阳。也许羽蛇会净化我们这个污浊的世界，带着我们的灵魂，飞到那些遥远不可思议的世界中去……"

残卷十三·毁灭

地震停止了。

我睁开眼睛，发现自己还活着，还在呼吸，身上也没有掉一块肉。身下的石柱、天象台、金字塔、迦安城和整座大地仍然在那里，并没有化为灰烬。城中，惊魂初定的托尔特克人像没头苍蝇一样乱跑着。

世界……没有毁灭？

"我们还活着？鹰瞳，我们还活着！"

但九·鹰瞳没有作任何回应。我喊了她许多声，她也没有再说话。我被一种不祥的感觉笼罩，她的身子哪还经得起这番折腾，加上心情过于激动，也许她已经……

经历了这场奇变，我哭不出来，脑袋木木的，全无思想，只是呆呆地凝视着羽蛇最后消失的方向。不知过了多久，北风之牙跌跌撞撞地跑了回来。

"刚才发生了什么？发生了什么？"他人还没上来就大喊大叫，声音充满恐慌。

我笑了起来："羽蛇降临大地。你的眼睛没有看到吗？"

"真的是羽蛇？"北风之牙脸色煞白，全没了当初的嚣张气焰。

"我早告诉你九·鹰瞳是对的，可你不听，还害死了她！"

"她死了？我……我没有要杀她。"北风之牙面色惨白，仿佛一个犯错的孩子。

"她被关在地下的洞穴里没吃没喝很长时间了，早就已心力交瘁，又被你绑在柱子上让风吹雨打，你说她还能熬多久？"

"我……我怎么知道……"北风之牙结结巴巴地想为自己辩解，忽然间又好像想到了什么，"等等！让我再想想……好像哪里不对……"

算法

他四顾张望一番，脸上的表情忽然放松了："差点儿被你们骗了，说什么羽蛇会让世界毁灭，其实不过是一颗很小的流星落到地上，引起了一场地震罢了。世界不是好好地还在吗？"

我无言以对。九·鹰瞳的确没有全部说对，羽蛇的撞击似乎并没有如想象中的一般毁天灭地。但能预言到这件事已经非常了不起了，北风之牙怎会懂得这背后有着多么伟大的意义！

"哼，你们只不过是算出了这件事，就来危言耸听？"北风之牙越发得意起来，"哈哈哈，有本事让羽蛇再来一次，直接砸到我头顶如何？"

"啊！"蓦然间，他背后的一个武士叫了起来，指着远方，急促地说了几句托尔特克话，打断了他的吹嘘。北风之牙望向他指的方向，顿时呆如石雕。

一道不起眼的灰白色细线出现在东方的地平线上，并不显眼，但却十分怪异，我们中任何人都从未见过这种奇特的景象。它并不是静止地待在那里，而是缓慢且不停歇地向我们这边移动。很快，线条变成了一堵墙，看上去很低矮，但已经吞没了远处隐约可见的房屋和树木，并在逐渐变大。

"那是什么东西？"北风之牙迷惑地问。

我也十分迷惑，但我的眼睛毕竟比他的要更尖一点，很快就发现了真相，大叫了起来："水！全都是水！"

那是一堵由水筑成的移动之墙，更确切地说，是一道横扫陆地的巨浪。它正由东而西，越来越近，现在渐渐可以看到高卷的浪头和汹涌澎湃的水体。它的高度不可思议，至少有三四十人那么高，仿佛一支比任何人类军队都要强大万倍的巨人军团在冲锋。农田、房屋、道路、纪念碑、小金字塔……沿途的一切都被它轻松攻陷，被冲毁后消失在水墙的后面。

在东部海湾一带，我曾听当地人说海里偶尔会产生巨浪，有时候有两三个人那么高，吞噬海边的整个村庄和玉米地……当时我将信将疑，觉得那不过是夸大其词的传说。但比起此刻见到的，那所谓的巨浪只不过是池塘里的涟漪。开天辟地以来，没有人目睹过这番奇景。我隐约明白，这一定是羽蛇落到东方大海里溅起的波浪，单这道遮天蔽日的水墙，已足够摧毁世界。

武士们惊呼连连，抛下他们的国王，往下方跑去，试图在海水吞没自己前找到躲避之所。北风之牙也跟着跑了几步，但他很快发现那只是找死而已，全城最高的地方就在这里，还能躲哪里去？他迅速跑了回来，抱紧了柱子咬牙往上爬。几个武士也回过神来，跟在他后头也想往上爬，有的甚至抓住了他的脚后跟。石柱哪能容纳那么多人？北风之牙怒吼一声，一脚把下头的两个托尔特克人踹了下去。那些人在他积威之下，不敢再上来。

不多时，水墙已经近在咫尺，在它的映衬下，迦安城仿佛顽童搭筑的沙堡。城里的所有人现在一抬头就可以看到高涨的浪头，他们不分种族和城邦，纷纷狂奔逃命。但巨浪推进的速度远超过人的

算法

脚力。伊查姆纳大道、市集、雨神金字塔、太阳神庙……一个个全都消失在千仞之高的海水中。我看到一头巨大的鲸鱼在海水中翻滚着，被冲到天空，最后撞上了当初我玩球戏的球场墙壁，将偌大的球场从中间撞成两半……这世界的混乱与疯狂已经超出人的想象。

海水占据了城邦中的其他地方后，向最高的月亮金字塔涌来，最前方的浪涛翻滚咆哮，伴着能把人脸撕开的狂风，要攻占这最后的高地。水墙的最高处看上去几乎和我的视线平行，也就是和整座金字塔差不多高。几个武士已经来不及爬上来，只好抱着柱子底端。北风之牙爬到了我身边，抱紧了柱子，用可笑的姿势抓住捆绑我们的绳索。"做法！"他颤声对我说，"你能不能做法让海水退掉？"

我苦笑："我要会魔法，还会被你绑在这里吗？"

北风之牙用蛮话咒骂了一通，将头紧紧地贴在石柱上，做着最后的挣扎，我心中却一片坦然，听任众神的安排。整个迦安，不，整个玛雅列邦都已毁灭，我深爱的女子也离开了我，我为之奋斗的一切都没有了意义，生命于我，又有何可留恋？

巨浪拍打在月亮金字塔上，令它剧烈地摇晃起来，似乎随时都会变成一堆碎块，但金字塔并没有倾倒。仿佛被人类建筑的抵抗力所激怒，海水怒吼着，反扑过来，一刹那便吞没了我们。海浪的冲击就像一记巨拳打在我的身上，我的五脏六腑都好像被打碎了。我没忍住，张开了嘴，喝了好几口海水，甚至呛进了肺里。我本能地咳嗽起来，却吸入了更多的海水。水从四面八方包围住了我，我的意识渐渐模糊起来，很快，我的灵魂对挣扎着的自己说，很快一切都会结束，到时候我和九·鹰瞳会在伊察姆纳的神殿中醒来。我的意识渐渐模糊，我仿佛看到了当年那个美得惊心动魄的女郎，披着鹰羽斗篷，面容严肃地向我走来，清澈的眼神中却带着隐隐的笑意……

"鹿尾，"她俯身对我说，"鹿尾……你没事吗……"

"我很好……"我喃喃道，想要起身去拥抱她，但却发现自己还被捆绑着，动弹不得。我一个激灵，从梦中清醒过来，只觉得说不出的难受，猛烈咳嗽起来，喷出了许多咸苦的海水。

我睁开了眼睛，看到了一番极其诡异的景象。

斜阳如血，半沉入茫茫的海水中，返照海上，酿成一片血海。海上漂浮着许多破碎的木头、稻草和玉米棒，但没有任何生命的迹象，只有我被绑在一根浮出水面的石柱上。我低头看去，发现海水正在我的腰间。

"鹿尾……"我又听到了九·鹰瞳的声音，这次听得很清楚，不是幻觉。我惊喜地叫道："鹰瞳？你还在？我以为你已经……"

九·鹰瞳咳了两声："我晕过去了，不知怎的，被海水冲击后反而醒过来了……出什么事了？"

我把发生的事情简略地告诉了她，然后说道："你是对的，世界被羽蛇毁灭了。"

算 法

九·鹰瞳沉默了很久,我差点儿以为她又晕了过去。但她最后开口了:"不,我错了,这次羽蛇和大地的撞击比我一直以为的要轻得多,恐怕世界不会毁灭。"

"可是海水淹没了一切!迦安、穆都、科潘……也许还有特奥蒂华坎,所有的城邦都沉入了海底。"

"不要用肉眼去看,用灵魂之眼。如果真的是羽蛇引起的水墙,那么它很快也会流归海洋,重新露出大地。也许平原上的玛雅城邦会毁灭,但那些在高山上的村落会幸存,玛雅人是不会灭绝的。"

我望向四周看不到边际的大海,不敢相信大地还能重现。但九·鹰瞳的推断是对的,只过了片刻,我感到海水从腰部下降到了大腿的位置。海水正在从陆地退去,重新流回海洋。

"我的故乡也不会被淹没,"九·鹰瞳继续说道,"那可是在能看到雪顶的山里。还有,老师推测的那些更为遥远的海外大陆,大概也不会被波及。那里的人也许根本不知道发生了什么。这不是世界末日,人类还有未来……也许有一天,那些人会来到这里,或者,我们会远航到他们的世界,那将是怎样的世界呢……"

我很好奇,九·鹰瞳在这时候还能想到这些虚无缥缈的未来,但我也不由自主地望向霞光如火的海天尽头,仿佛自己的心也随着她的话语飞向遥远的海外大陆。今天,玛雅人所遭受的毁灭浩劫,放在天地宇宙的尺度之下,似乎算不了什么了。

可忽然间,九·鹰瞳想到了什么,语气又急促起来:"但是如果玛雅城邦都被毁灭了,所有的贵族、祭司、诗人、书吏、石匠……都死于这场浩劫,我们的文明从此就会一蹶不振,费尽千辛万苦发现的真理也会沉入海底。鹿尾,你要活下去,好好活下去,去告诉后人,这一切的一切……"

不知不觉中,泪水湿润了我的眼眶,生命的意志又重新回到了我的身上:"我会的,鹰瞳,我们要一起活下去,去告诉后人这一切……"

"我听不懂你们在说什么,"第三个人的声音出现了,自然是北风之牙,他也因爬在石柱顶上逃过一劫,"但谁能告诉我,那边挂着的是什么玩意儿?"

"你说什么?"我不明白他的意思。

"就在那边,你自己看,"北风之牙说完,却发现自己犯了一个小错误,"哦,对了,你还被绑着,看不到后面。"

他用刀割断了几根绳子,给我松绑。我被绑了很久,浑身虚脱无力,差点儿掉进水里去。北风之牙抓住我,把我放到石柱顶上,我身子一转过来,就见到了一幅不可思议的奇景。三条巨大的羽蛇一前两后,出现在夜星初现的黯淡天幕上。它们的头部仍然对着太阳的方向,升在半空,尾巴在头部后面,几乎与我的视线平行,所以我只能看到它们的一部分。但这已经很好了,它们气势磅礴地霸占了直到地平线的天空;它们的光芒璀璨,远远超过月光。

"东方怎么会突然出现三条羽蛇?"我惊呼出声,"两千年来的

算法

天象记录里从来没记载过这种事！"

我又转向九·鹰瞳，发现她还被绑着，忙和北风之牙一起给她松绑，把她抱到石柱顶上，告诉她我所看到的一切。或许是在水里浸泡了太久，她的身子冰凉，不住地发抖，声音越来越气若游丝。

"三条羽蛇吗……三条……"九·鹰瞳断断续续地说，"我想……我想……应该是……"

她的声音很低。我把耳朵凑到她嘴边也听不清楚，凝神思索片刻后，忽然间醍醐灌顶："大人，我明白了！这三条羽蛇就是原来那条羽蛇所变，自从它靠近太阳后我们就很难观察到它了，也不知道发生了什么，也许在靠近太阳时被其发出的烈焰所击中，也许是遇到了别的什么天体……它分裂成了三条，不，四条，直接从太阳底下飞了过来，所以我们一直没有看到。其中的一条——也许是最小的一个碎片——冲向大地，落在了大海里，另外三条要远一点，掠过大地上空后，重新飞向宇宙深处了，所以大地才没有彻底被毁灭……你说对吗？"

我用兴奋的口气说完了自己的想法，期待地看着九·鹰瞳。九·鹰瞳微微颔首："很对……我没什么可以教给你的了……你已经……张开了灵魂之眼……以……以……后……你……"

她没有说完这句话，没有。她轻轻呼出最后一口气，干裂的嘴巴缓缓地合上了，骨瘦如柴的身体也停止了颤抖。来自遥远南方大陆的太阳贞女奇卡·库斯科，玛雅最杰出的天象祭司九·鹰瞳，这个世界最了不起的灵魂,逃过了羽蛇的灭世之灾,却还是归于死神的怀抱。

　　我写不下去了。当时的悲伤与痛苦非任何语言所能形容。讽刺的是,后来还有人称我为最幸运的人,但我宁愿和她一起死去。在整个世界都毁灭后,又失去了挚爱,一个人孤独活下去,还要度过数十年的时光,那种灵魂的伤痛没有人能够理解。

　　正如九·鹰瞳所说的,海水缓慢却不停歇地退去,到了第二天早上,整个地面露了出来,玛雅各城邦的大部分石头建筑还算完好,粗略看去,似乎城邦一如旧貌,然而平原上的人和动物都已死去了,极少数幸存者也是因和我一样爬到高地或金字塔上才得以幸存。

　　另一个活下来的人是北风之牙。在一段时间我们相依为命,几乎成了朋友。虽然他残忍地偷袭和屠杀了成千上万的穆都人,包括我的大哥,但他的罪孽也不比我们的深。何况即便没有他,人们也逃不过随后的羽蛇之灾。在这场空前的浩劫里,人间的恩怨仇杀已无足轻重。

　　但北风之牙还是受到了命运的惩罚。过了一些日子,他挂念族人,返回了北方,此后我再也没有见过他。很多年后,我才听说了他的消息:北方山谷中的托尔特克部落没有被巨浪灭亡,又选出了新王。新王宣布,正是北风之牙的南征招来了羽蛇的惩罚,也害死

算 法

了数万托尔特克将士,他应当被处以极刑。这位雄才伟略的君主差一点就征服了世界,却凄惨地死于自己族人的乱棒之下,死后尸体也被肢解分食,用以平息神明的怒火。

海水退去后,我又在迦安和穆都等城邦中流浪了好几年,结果都是一样的。所有曾人烟稠密的城邦都变成了荆棘与白骨的王国。没有国王和祭司,没有球赛和市集——也没有了战争和抢劫。我试图挽救一些可以传给后世的历史档案,但收效甚微。我把希望放在了特奥蒂华坎,那里的地下石室里保存着最古老的天象记录。但当我千辛万苦地重返特奥蒂华坎,再次进入那座既成就又毁灭了我们的地下大厅时,却发现在羽蛇降临的那一天,海水也灌满了大厅,那里的积水很难消退,在长期的浸泡后,所有的壁画和文字都已无法辨认。一个个民族和城邦,一代代的天象祭司,跨越两千五百年坚守的精神财富,就这样化为乌有。

当我写下上面的文字时,又是两个世代过去了。我还住在迦安,就住在月亮神庙里。海水退走后,我把九·鹰瞳的遗体埋葬在月亮金字塔下,就在她钟爱的天象台附近。唯有在这里,她的灵魂才得以安息。而我也住在这里,和她为伴。我没有妻子,没有儿女,一个人种玉米为生。昔日的大部分玉米田已经变成了树林,街道上杂草丛生,蔓藤也爬上了金字塔和石碑群,如此下去,百年后整座城邦都会化为莽荒丛林。不过,没有被巨浪波及的山地玛雅人、北方托尔特克人以及其他族群已零星出现在平原地带,也许他们将会再次繁衍生息,并布满大地。

但正如九·鹰瞳曾预言的,幸存者已经忘记了我们的文明,他们仍然崇拜羽蛇及其他许多神祇,但对过去玛雅人的文字和知识,他们一律敬而远之。我曾经试图给他们讲述一些宇宙的奥秘,但是没有人欢迎,有几次甚至遭到了群氓的殴打。他们认为正是天象祭司的僭越招来了神明的惩罚,他们再也不敢去触碰这些禁忌了。

讽刺的是,在这个天象学已经不复存在的世界里,我竟然有了新的发现。在玛雅列邦毁灭后整整一年,即羽蛇坠落一年之际,那天夜里,夜空中发生了一场浩大无比的上界之雨,每一眨眼间都有数十颗璀璨的流星划过,仿佛上界诸神也在哀悼玛雅文明的逝去。第二和第三年也有同样的现象,不过规模逐渐小了。

我最初以为是奇迹,但我记起了九·鹰瞳的教诲,这背后一定有一些让这些现象准时发生的原因,这也许就是羽蛇最后的秘密。我苦思冥想了很多年,终于有一天豁然开朗:羽蛇会在自己走过的路径上留下一些褪掉的残羽,当大地运行到特定的位置,恰好和羽蛇走过的路径交错时,那些残羽就会划过夜空,造成上界之雨的奇景。

鹰瞳大人啊,这是我们共同的发现。在这种发现的时刻,我又一次感到你和我在一起,感到了你在这无常世界存在过的、转瞬即逝却又永恒的意义。

算法

但这些新发现早已无人可以传授。一年年过去了,蛮族中记得昔日玛雅城邦的老一代人也日渐凋零。年轻一点的人还以为世界本来就是这样一片莽荒。我们的世界已经毁灭,也许我就是还能书写玛雅文字,懂得玛雅历史和天象学的最后一人。当我死去时,一个延续千年的文明也将随我而去。

但我还是祈求玛雅的天象学能够流传下去,为了穆都,为了迦安,为了九·鹰瞳的临终嘱托,让我们的时代与文明所见证的一切,不要被残忍的时间洪流冲刷殆尽。

最近,我从一个旅人那里听说,在东部半岛,有一些幸存的玛雅人聚集在一个叫奇琴·伊察的新城邦里生活,甚至开始兴建新的金字塔,只是已经忘记了文字和知识。我将出发去那里,帮他们拾起自己的过去。我不知道自己能不能走到那里,更不知道能不能活着回来,所以我决定先在这里写下一切,和九·鹰瞳的遗体埋在一起。我灵魂中最重要的 部分也将留在这里,留在史上最传奇的女子身边。这些文字是用我的血与魂写成的,愿它万古长存,不论有没有人能读懂它,只要它存在,我们的世界就还在那里,直到羽蛇再次归来,吞噬大地的那一天。